UTOPIE

KAMEL DAOUD

卡梅・答悟得
翻譯 陳文瑤

吞吃女人的畫家
Le peintre
dévorant la femme

無境文化出版
人文批判系列
【奪朱】社會政治批判叢書 012

無境文化－人文批判系列　　　【奪朱】社會政治批判叢書012

吞吃女人的畫家
Le peintre dévorant la femme

作　　者/　卡梅‧答悟得 Kamel Daoud
譯　　者/　陳文瑤

美術指導/　侯瑞寧
平面設計/　楊健鑫
電腦排版/　辰皓國際出版製作有限公司

出　　版/　無境文化事業股份有限公司
【精神分析系列】　　　總策劃/楊明敏
【人文批判系列】　　　總策劃/吳坤墉
地址：802高雄市苓雅區中正一路120號7樓之1
信箱：edition.utopie@gmail.com

總 經 銷/　大和圖書書報股份有限公司
地址：248新北市新莊區五工五路2號
電話：(02)8990-2588
一　　版/　2019年11月
定　　價/　320元
ISBN　978-986-98242-1-7

Le peintre dévorant la femme by Kamel Daoud
© Editions Stock, 2018

Complex Chinese edition published by agreement with Editions Stock,
through The Grayhawk Agency
Chinese translation Copyright ©2019 Utopie Publishing/©2019陳文瑤

國家圖書館出版品預行編目(CIP)資料

吞吃女人的畫家 / 卡梅‧答悟得(Kamel Daoud)作；
陳文瑤翻譯. -- 一版. -- 高雄市：
　無境文化, 2019.11
　　面；　公分. -- （人文批判系列）（奪朱)社會政
治批判叢書；12）
　　譯自：Le peintre dévorant la femme
　　ISBN 978-986-98242-1-7（平裝）
　886.726　　　　　　　　　　　108017667

目
錄

contents

給那些，
在所謂「阿拉伯」世界或其他地方，
沒有身體自主權的女人

給阿岱爾‧阿德斯梅（Adel Abdessemed），
在深淵之上展現平衡技巧的雜技演員

「巴黎是一塊聖石，潔白無瑕」

　　<u>情色是一場狩獵儀式</u>。這廣漠的城市在冬天是一塊冰冷的石頭。世界的一種調度，昏黃燈光的角色是布幔而一座座橋扮演肩或臀，建築皆是轉過身的背。在高級街區，櫥窗獻出乳房與夢幻的胴體。所有海報，巨幅，強化著慾望。冬天宣告來臨然而，在寒冷之中，影像上的肌膚裸著，這些廣告提供始終笑著、等待著您的女性。對來自世界之南的人而言，巴黎是天堂，el Firdaous[1]：但因為他那些猜疑抑或差異與匱乏，他在這裡失去了他的身體、他歡愉的權利、他的性與他的熱情。我們得去想像行走在伊甸園卻對神的恩典感到不安、猶疑；審判不是最後才到來，而是如影隨形。天女（houri）──那些由絕望困境與古蘭經式妄想允諾死後可擁有的女子，孤伶伶地在天堂，青春永駐，頂著妝容而一派慵懶──在你與她們錯身而過時，睫毛低垂將你排拒在外，兀自花枝招展。櫥窗都是一則則祈禱，但不是你的，不屬於你。人們屈膝跪在這裡，卻是為了擠進地鐵的嘴；這些不親吻任何人，或是一次親吻太多人的嘴！我們雙手緊抓車廂祈禱著。抵達巴黎時讓我煩惱的是自己的眼光，不曉得該往哪裡擺。我想把它放在口袋、挾在腋下，收好，裝作視而不見溫文儒雅，但它還是溜了出

1　伊斯蘭教裡的天堂有七層，最高層的天堂即為 Firdaous。

去。對影像世界不甚熟悉的我，發覺自己又四處張望起來。
影像、親吻、苦難、氣味、海報與倒影。我想佔有西方而
我做不到。十月，巴黎拉高了衣領而愈趨灰暗抑鬱，卻無
意對你敞開心房。好比你看著一個哭泣的女人，只看到背
影。她就是墜落，也有辦法不掉到你的高度。我對這個城
市沒有憎恨。我不是那種對西方懷有怨懟，牢騷哭訴的那
一類。不，我以中世紀手稿抄寫員、以竊取觀點和可能性
的賊的身分來到這裡。夜晚，這座城市是一盞霓虹燈與一
則故事，一輛計程車與一落落教堂，一個女人與一個男人，
因擁有同樣性別而無事可做。這是個天堂，人們在這裡明
白打過的聖戰只換來一場空，天女都是圖像插畫，河流亦
非酒河，但能慫恿你進小酒館裡喝個痛快。

　　這便是我選擇到畢卡索美術館的那一晚。我揹著後背
包、搭著計程車提前十分鐘抵達。多出來的時間要做什麼？
這完全是一個在西方遊蕩的「阿拉伯人」的驚惶。在恐攻
氛圍瀰漫的時期，漫無目的閒晃不再是件容易的事。遊蕩
相當於行刺，要不也算是威脅或圖謀不軌。對外國人而言，
佯裝是種已失傳或該說是困難的藝術。我決定在附近區域
繞繞。一如從前。於是我在路燈昏黃夜色下走了十分鐘。
在塔利尼街上來回踱步。先知若是在異象（vision）降臨的
十分鐘前抵達，他會做什麼？晚十分鐘的話，可以產出一
份禱告或《約伯記》[2]，然而提前十分鐘？我不曉得。沒有
答案。我的太太，她正處於懷孕後期，在十四區我們租來
的公寓裡等著。她知道我會很晚回家。為了上千個女人背

2　《約伯記》寫於西元前 2000-1800 年間，據說由摩西所執筆。

叛她。自吹自擂與變位組合。我擔心害怕嗎？不。我喜歡
腳尖輕觸、小心探索他人的土地、藝術與意義田野的時刻。
打從在村子、在阿爾及利亞出生以來，比如在秘密語言的
無聲邊界中閱讀時，我即熱衷此道；我好喜歡漫步在月球
並重新部署世界。我知道我是某個異象的信使，再不濟，
它也會在我要寫下這起聖夜彙報時替我嘰嘰喳喳。「阿拉
伯人」是上了年紀、長舌的貴族，無法接受自己已然失去
世界的財富。於是昔日黃金時代的傳說，蔓延開來，啃蝕
我們殘存的遺跡與身體，且讓人在沒鞋穿的時候還一臉高
傲。世界歷史在一個老貴族口中聽來比較精彩，因為他的
語言有無數細膩層次，而他有的是空間，除了議論無所事
事。他可以跟你鉅細靡遺描述他那逝去的王國，如同形容
一顆完美的蘋果，或反之亦然。所謂「阿拉伯」國家真正
的先知是耶利米（Jérémie）[3]，而不是穆罕默德。不說了。
總之我的聖夜在此，在我腳下，我按了電鈴獲得許可進入。
替我開門的女士一臉狐疑。她在美術館工作但沒有接獲同
意我用眼睛竊取她的主人這些作品的消息。她仔細詢問、
打電話，然後一切塵埃落定。我只不過到得太早。她要我
在大廳等候，這大廳冰冷、空蕩像個荒廢之所，寬闊的樓
梯自顧自伸展而無視你的存在。對一個天才而言，最糟的
狀況即是有人為他蓋了聖殿，我的意思是他的紀念碑。一
邊穿越中庭，我想起我不喜歡遺跡，無論它以石塊、頭像
或是民俗的形式存留。這些遺跡過度模仿了禱告或深奧的
靜默，讓人感覺被勸說，得生出某種姿態或確切的領悟。

3　耶利米（Jérémie）是聖經裡猶大國滅亡之前最黑暗時期的先知，由於他早早預見猶太人背
離上帝之後的悲慘命運，卻無能為力，因此亦被稱為「流淚的先知」。

這與祈禱過於相近以至於令我無法忍受。

　　在教義裡，人們傳述著先知曾經歷過的一次「神聖之夜」，在他穿越如摩天大樓般的七重天（登霄 [l'ascension]）之前，曾以光速遨遊在麥加與耶路撒冷之間（夜行）。同樣根據教義，到第七重天時，他聽到了筆尖沙沙正寫下命運。我愛極這個隱喻，讓人把旅程的尾聲活成一份手稿，讓它結束在與抄寫員或一隻施作的手的相逢裡。另一次神聖之夜則是真主對他昭示古蘭經的貴夜。古蘭經裡明確指出，這些夜晚都有個奇異的細節，即根據我們在世的生命來計算，它們相當於千年。穆罕默德騎乘在隱形獸背上穿越無數穹丘，在這些夜晚遇見許多先知與使者。每個人都對他講述他們的經驗、人生、不朽與天機。我想像自己身在畢卡索的天堂，但僅限於巴黎一地。可能是在第一重或第二重天，我在這些被他曬太陽時不安分的腳趾頭、他那些加工品與勃起搞得心煩氣躁的星群裡，碰上這位目空一切的畫家。這個額頭寬闊、傲慢因其天才而一筆勾銷的男人會跟我稍微解釋何以他在最終審判之前吃掉了他的天女，以及他如何拆解上帝的創造物、人類的身體，以便從零開始；他如何從原罪追溯到聖經禁果，從禁果反推其滋味乃至咀嚼吸收消化。啊要是他能夠瞥見他的作品在我所成長的世界裡的意義！一個敘利亞版《格爾尼卡》[4]的畢卡索，一個雙手被那種恐懼砍斷的畫家[5]。一個反對面紗的「揭紗者」。一個大抵會從他的味覺殿堂（palais）重寫女性史

4　格爾尼卡（Guernica）為西班牙的歷史古都，1937 年 4 月 26 日，時值西班牙內戰期間，在西班牙民族主義者佛朗哥的命令下，支持其政權的德國納粹與義大利法西斯聯手空襲轟炸格爾尼卡，不但整座城幾乎全毀，更造成大量無辜百姓的傷亡。畢卡索為控訴此事件創作了一幅同名的《格爾尼卡》，傳達了戰爭的殘酷、人民的恐懼與悲傷。
5　可參照「水的傾斜之旅」一章。

的男人。一個性喜嘲弄又變態的聖人。重點是我被送到這個美術館來欣賞一個五十歲男人的情色日記，他遇見了年紀只有他的一半的女人，與她共享神聖的一餐並經歷了一場淫蕩殉道。

　　大廳的玻璃展示櫃裡有個公雞模樣的雕塑。守衛親切地向我解釋這座宅邸[6]的動線、有事可以找誰、我這「阿拉伯」唯美主義者所屬的巡邏時段。靠近中間樓梯旁有張行軍床，一只餐點籃以及整個用來祈禱或聆聽的夜晚。館方人員先帶我熟悉環境與這場情色展覽。《畢卡索1932，情慾之年》（*Picasso 1932, année érotique*），展題引人遐想。這個夜晚將會很漫長，相當於在我家鄉的數千個小時。展間很冷，牆面白得像彼世的死巷而畫作都是亂塗亂畫、嚙啃過的星星。我之所以接受這個邀請，只為了一個原因：情色是我的世界觀與文化觀的一把鑰匙。那些宗教都是一場肉身火刑而我喜歡，這場情色吞吃的幽暗行動裡，我們能略過天堂、典籍與神殿的絕對證據。情色是人類恆在的本性，證明彼世是人們能捧在手裡、躺在子宮裡的一具身體，現下而非「之後」；世界的意義走進我種種遭逢的意義裡而所有藝術都是某個片段的紀念，朝向一張嘴、一道縫隙或是某個他方（Ailleurs）的張力。長久以來在我生命裡，情色就是把鑰匙，用以理解我的世界、我的糾結、我所處地域（géographie）的致命絕境，那些針對我或是被我延續的暴力。倘若眾多一神論如此猛烈抨擊我的性，那是因為

6　畢卡索美術館前身為皮耶・歐貝（Pierre Aubert）建於17世紀的私人住所，享有當時巴黎最為宏偉獨特的宅邸之盛名，又因為歐貝奉國王之命徵收鹽稅，「鹽館」（Hôtel Salé，或音譯為「薩雷公館」）之名不脛而走。

性是我得救的工具，與他們無關，背離他們的誓願與規範。
它是我的財富與懺悔的秘密儀式。我挖掘它，它挖掘我的
肚腹。畢卡索故而是這趟穿越重重感知天界的旅程裡一個
驛站。我將要向他探詢，在他那如飄揚風中的床單般伸展
的皮膚上散步，在他斑斕多彩的焦慮裡翻找。這是一場凍
結在玻璃之下的暴風雨，一場嬉戲的凝止。我因此任由寂
靜佔滿，抹去我的書寫，將恐懼暫放一旁，我欣賞這些畫
作，一幅接著一幅，彷彿它們是一節一節的經文。

「剛剛殺掉一個女人的薩堤爾[7]」

　　情色是一場狩獵儀式。只是獵人不殺掉獵物。他誘惑她，與她說話，在速寫與自願失憶的界域吹起蘆笛，博取她的信任，用各種重獲重視的傳統來接近她，讓她被警戒與不安包圍，建立起一座迂迴的王國以免她害怕。畏懼與希望。這些誘惑手法蘊藏著千年不變的動作，夜晚那些時刻、白晝那些時刻，耐心與凝視然後，在情人身上，在他汗水淋漓重新攫住那只溜逃的戰利品時，感受最後一次幾近引領至疼痛的狂暴節奏。這是必然的，一向如此。然而與狩獵的對照即到此為止。

　　在情色裡，與飢餓相反地，獵人喜歡被他的獵物吞噬，迷失其中、隱匿其中，在裡頭抹去名字的痕跡、他的極限、他的時鐘。這說來曖昧不明但做了便了然於心，在日常裡，每個人都可以經歷。只要體驗愛情的空虛與身體的飢渴，這個慾望從詩人到櫃檯行員都是共通的。情色是一種雙人藝術，兩副身體的相逢但總是其中一個幻想吸乾另一個，使對方屈服於他的飢餓、他那擔心無法吃飽與圓滿的恐懼。這是自殺式的吃人行為（cannibalisme）。我們聲稱想吃掉對方以得到飽足，但是，打從親吻開始，從挺進或搓揉肉

7　德國史學家 Daniel-Henry Kahnweiler 形容畢卡索這段時期的作品是「剛剛殺掉一個女人的薩堤爾」所畫出來的。薩堤爾（Satyre）是希臘神話中的半人半羊的人物，性好女色，擅吹蘆笛。

體的第一個動作，我們即臣服於藏匿到所愛之人最深處的混亂慾望，迎向對方性器所在的胯部然後在空無之中浮出，作為並變成對方的私密之處。我們想要沉溺（s'abîmer）——讓這個動詞盡量精確回歸到原本指稱迷失的意義，而不是指稱毀壞或墮落。在狩獵中，人們想要用他者的肉來填飽飢餓；在情色裡，人們想透過變成他者的肉使這份飢餓得以飽足。這是最為專橫的吞吃，一種津液的混合，一種不只是關係到嘴巴的咀嚼，而是整副身體都成為口腔。

這與分娩相反，卻仍是一種新生。分娩過程中，我們在哭聲裡來到世界，才剛會呼吸，四肢胡亂揮舞打手勢，被無限與口水所潤濕。在情色吞吃裡亦然。我們重演同樣的戲，只是順序相反：我們想回到心愛的子宮，我們把學會的語言化為嘟囔與呻吟，我們忘卻如何行走改以攀爬，我們用可口的濕潤交換彼此的皮膚，我們自我撤銷，從身體回歸卵子。做愛因而是死亡？不，是透過重演由無生有，再次重生。我們重演最為古老的一場戲。零時刻。我們每個人都以儀式、書寫、方法、誘惑或是絕望臆想臣服之。這是我們的本性、我們那些古老飢餓的法則。親吻同樣是重生然而是經由自己的手與我們慾求對象的手。之於情色成癮者，生活是胯下休兵的空檔。重讀那些偉大教義且不要心懷嘲弄，我們在所愛的男人、女人、狂喜與登徒子的嘴裡找回同樣的呻吟。犬儒主義反覆說道，奧秘儀式的呼喊有時荒唐地與色情片演員的叫聲相似。在每一次完美的

高潮當下我們都是新生兒。

　　期待藉著性來經歷愉悅死亡的人在做愛時撕裂自身、剔去骨頭、關節離斷乃至在他人眼裡顯得荒謬，皮膚與血液奔騰亂竄，像一只風箏在另一個人的臟腑裡喘息，斷了氣。同樣的姿勢都會由每一對做愛的伴侶再做一次。永恆裡有著例行常規而這不正是永恆的定義？慾望是一種反轉的飢餓，一種死亡、或者說是空無的飢餓，一種假他人之手的自我吞吃，一種小死亡——人們這樣形容高潮或其他歡愉。以千萬種形式再現的儀式：書寫、舞蹈、繪畫、恍惚與吟詠甚或是誘惑、幽默與綁架的滑稽輕浮。每一次，都是同樣的動作：我們變換身體，脫離肉身，亦即我們丟掉本來的身體以便重新轉世，換言之就是取得另一具身體，傾入其中，甚至住進去數十秒鐘。感知愛人即是在對方猶疑、出神時的確切時刻，在其黏土作坊，成為一個神。

　　性事進行期間，性器交合時，我們矛盾地閉上眼睛，然而相愛卻是永無止盡的凝視另一張臉。所以我們閉上眼睛是因為，之於獵人，重點在於適應夜晚，化為夜行性動物好瞄得更準。因為我們想捉捕的不是外在的形體，而是共享內在微溫的蒙昧幽暗。我閉上雙眼而，突然之間，我從你自身的幽微中看見屬於你的身體，我與你得血脈連結。我共享那個將你固定住的盲點。在每個人皆是獨立個體的條件下，我混入了你，且這只能透過我緊閉的雙眼所製造的夜晚來完成。

　　無邊無際，然而從外部看來，這交配的行為，這宛如一首偉大詠嘆曲的激情，卻像是肌肉拙劣而機械化的動作，一種單調的往返。一種堅持。

　　著了魔，我們於是發現自己與所有活生生的獵物共享其命運，自遠古星夜以來，自狩獵時期：切塊，將頭與心分離，內臟一一陳列，對自己一清二楚但對事物的法則毫無理解（愛的盲目即來自此，我們現在仍這麼說）；被剝了皮，且這裡指的即是字面上明確的意義；為了別人而把自己轉化成能量、無聲的張力與惱人的廢話冗詞。所有愛慾都是吞吃，一種生與熟的習慣。

　　世界的儀式為之佐證。在烹煮與誘惑之間，也許存著意料之外的連結。當這不過是誘餌時，我們卻說成是祭品與禮物；我們藉由親吻暖身。此外，熱度是一種測量感受的古老標準，但論其起源，毫無疑慮即是柴火。所有激情的隱喻都取自燃燒。在情慾獻祭裡我們翻轉了角色：我們不燒死獵物而是為她燃燒！熟食吞吃了生食。生食就在那裡，在她的凝止裡，在鏡子裡增生她的臉，裸著或裹著衣物散步著，獻出一抹香肩或一片唇，雙臀或是一場旅行，而走向她的會是焦炭，雙手捧著自身剩下的殘骸與屍塊。

　　然而在此有個大致的節奏得遵守。第一個動作是將獵物固定在草叢裡、森林裡、世紀初的沙龍裡、一條路、一

扇窗或是一輛火車裡。在肉慾充滿的這一「年」，1932 的
第一批畫作，畢卡索綁住這個女人，將她周圍的行動懸置
推遲，要求她坐下，看著一扇窗，躺下，離開身體的圓周
而成為一個中心。這是我在美術館諸多寬敞展廳探查這個
儀式之後，第一個觀察。

「像瞎子以摸索形塑出屁股來作畫」

當我作畫，我的皮膚是一隻眼，整雙手都是視網膜，一張嘴噘成圓形宛如瞳孔。被慾求的女人如何自我重組？首先她並非處在傳統狀態──輪廓的載體加上某個年代的布料或是裸著，好讓時間返回慾望。在畢卡索的畫室，她被固定在裸體與穿衣假造而來的混亂之中，不偏不倚，這肖像畫是明目張膽的誘惑：女人不是一具胴體也不僅是一副裝束。她是個複合物，集結大量手勢、體積、或臥或睡或在窗邊沉思等種種姿態、衣物各式色彩以及在這些衣物式樣下若隱若現，裸露的肌膚表面。

我們必須意識到食人族的痛苦與不可得的身體──如同前面提到的，那具他既想吞食又想被對方吃掉的身體──有著深層的連結。於是他像個獵人，在他的移動裡，他與世上的布料及媒材的共謀、他的目標；在他那將時間從追捕的時間裡懸置、偽裝的靜止裡，在他的傾慕裡描繪這具身體。

逛完第一圈展覽時我們很快會注意到這一點。瑪麗-德蕾莎就在這裡，總是處在兩種時間，兩種原始情色的時間：骨或肉。有時她被畫成像是一堆骸骨的集合，有時豐滿圓

潤。在這些作品的某個時間點，肉吞吃了骨並將之分解，身體化作章魚，癱軟無定性，斷裂的可能，某些東西從深處升起。而此時，激情的戀人將這副身軀翻來倒去，用圓圈與堅實的線條將她纏繞，想在四周築起圍牆，感受她，如同《午睡》（La Sieste）那幅畫，透過無數角度、一千零一條曲線，一個球形躍出而自我增生。事實上，所謂無窮盡的女人是關於多的幻想。她就是我們無止無休在其身體遊移、溺陷、夢想把自己埋入其中的女人。我們不斷繞著轉，為了同時抓住其臀部，並試圖咬住她的頸以阻止任何可能的逃脫；撫摸其胸部，又一邊幻想剖開其肚腹的女人。而倘若男人在佔有、吞吃的同時喘息呻吟，那是因為最為秘密的慾望仍未獲得滿足。這喚起了每個人必須在咬與被咬的慾望中適應親吻時所經歷的痛苦。

　　在儀式場面之後，我看著被描繪出來的暴力揣測其動機：情色裡，有種幾乎可說是怨恨而人們鮮少會承認的惡意。在藝術史與文學史裡，也許是它賦予了那些悲劇與紛雜事實一個共同的起源。愛的獵物自古以來四處被歌頌著，她被夢著、期待著；我們為她而戰，我們碰觸自己，在青春期時撫摸性器自慰並幻想那隱約的縫隙，幻想埋入，我們把摩擦昇華乃至讓文化閃耀。稍後，我們又回到自己的身體，眼神驕傲、虛榮心膨脹地講述我們如何被吃掉。所有的愛都伴隨著一則故事，一本日記。畢卡索沒有觸犯公共隱私的規則。是他的藝術在屋頂上嘶吼。

不愛自己的身體的病

　　在這個聖夜前幾個小時，我對 1932 年早期那幾個月的畫作有如此結論：親吻證明了所有的愛都是吃人行為。唾液是最初的血。人們在其中加入 embrasser（擁吻）這個動詞來緩和咬痕。於是擁吻成為理解，以幅度測量，只消一個眼神，緊抱、包容、拘留。情色即是與死亡交手，慾求它、修飾它，多少世紀以來大家都這麼說。西方——這個與我所在之處對立的地理版圖，我的北方與我的分歧，那些地處不可化約的北方而藝術盛行的國家——幾個世紀以來，在追尋與故事中建立起一種階級：慾望先於死亡並賦予它意義，性是一種可治癒的死去，永恆可觸及的一側。在故事裡親吻不是死去而是復活。情人尋找他的愛侶，跋山涉水，藉由野獸或重重險阻來證明自己，用一座城堡、一頂皇冠、孩子或是婚禮來宣告終結，然而這一切總是先於死亡。我們在故事裡殺死怪物、敵人，而不是自己。我們解救心愛的女人，而不是將她埋葬。天堂是生命的一部份，不是死亡！這些愛情故事都在生命裡、在這段無法解釋又璀璨的中場時間發生，而非末日審判之後。愛不是一份戰利品而是一種付出，情色（至少在近日以來）不是一種罪，而是一種勝利。

　　這種病、這種病癥，即發生在我們翻轉故事裡追尋的規則時。正是在此時，情人為了獲得高潮，殺死女人、摧毀城堡、變身為野獸、打破人類的皇冠並把他的孩子都扔出窗外，僅僅為了加速時間，驅使空無席捲一切以加速末日審判的到來。如是，他飽足了，他將要享受的不是愛，而是天堂裡他那些化為戰利品與奴隸的碎屑。這不再是一場追尋，而是一種僱傭關係！情色再度落入服從於某個神的命令而失去它驕傲的風姿。在天堂，高潮是種壞品味。

　　殉道有時是代價高昂的手淫。

　　這種病即是死亡在某些文化裡高過性，彼世像個裁判坐在自己與身體之間。於是我們應允以處女、天堂、綠地、酒河與某個飽足之天神的狂喜，不過是在死亡之後。我們判定高潮有罪而把死亡昇華為一種幽暗的嘴對嘴。我們翻轉了世界與身體的秩序，我們讓屍體如序曲勝出。我們混淆誤認並殘殺。這一切伴隨著激進主義、法西斯主義、烏托邦主義與巨大的宗教恐慌而來。有些時代對身體充滿恨意彷彿它是偷自哪個神。我們從中感受到對自身唯一財產那永恆的恨意。什麼都想把身體偷走：天使、魔鬼、眾神、牧師、教長、祭司、朝臣、聖書、淨身沐浴、儀式、十字與新月。而且有時他們差點就得手。

　　這是我透過親身經歷得知的：當一本書是神聖的，人

就不再神聖。亦即他的身體就不再神聖。

　　我記得儀式性謀殺被儀式與風俗取代時，有些作者擁護一種論調——即文化是吃人行為的一種突變。這多少有點道理，然而根本的殘酷並沒有停歇，只是隱藏起來：它在藝術、神聖或畸形的影像裡延續。

　　暴力仍談論著自己。亞伯拉罕宰殺一頭羔羊代替他的兒子獻祭，而數千年之後，畢卡索畫自己慾求的女人免得活生生把她給吞了，而且還反過來，讓她在他的才氣縱橫裡，傲慢地將他生吞活剝。他的繪畫是用來蠱惑、欽慕進而吞吃的狡詐陰謀。古老遊牧者追蹤其溫熱鮮血之活物大餐的策略。

色彩都是他的牙齒

　　十月在美術館的這個夜晚，在巴黎，西方的中心，我奇異地領會一個男人如何能吃掉一個女人；真實地畫出自身罪行、告解，並藉由此一失衡的吃人行為獲得讚賞。這場無法度量的饗宴，從巴黎，從畫家——應該是偶然——與一位十八歲年輕女子在 1932 年 1 月的相逢開始。它以月曆的形式展示在白色的牆上，而我從中窺見其規則。食肉週期隨著一張張畫布與習作，猶疑、摸索試探著情婦的肉體，隱沒在畫家背著妻子那些脫序生活與鬼祟行事裡；接著修復重建、變得緊實、如身體般可感知，共享畫家的隱私──那裡頭披露了畫家的執念糾結，接著在醜惡畸形中淨化繼而達到緩解。這難以置信的高潮維持了一年，徹頭徹尾，從這一年的一月到十二月。

　　展覽排序猶如一本日記，所有文宣上都這麼寫。而且，畢卡索很愛說繪畫就是持續不斷寫日記，意即標記時間，讓時間具有韻律，加以降伏，使之成為一種選擇過的節奏，而不是被動承受的週期。畫畫是一座可用指尖校正的鐘，一隻可馴養的動物，一口呼吸。展覽從一個入睡的女人展開，一副等待著的身軀，靜止不動的獵物。畫作名稱是《夢》（Le Rêve）。結束在《入睡的金髮裸女》（Nu *couché à la mèche blonde*）性交後小憩的畸形裡。這兩幅畫，開始這幅一如結尾這幅，啟動並終結了夢與入睡的循環。那是一個括弧，或說是一個成熟週期的入口與出口。一場從眼睛出發直到嘴巴上顎的旅行。從盲目的實體直到無形的口感。就像所有等著被吞吃的一切。《攬鏡入睡的女人》（*La Dormeuse au miroir*）讓人看到一個除了重點之外可以全部遺忘的女人：她將脖子獻給某人。獻祭透過鏡子反射而被凸顯，鏡像保留住她的姿勢，再次重申強調。頸部的曲線到處反覆、迴響，出現在身體其餘部分，左右著重心，將臉擲回背景裡。手臂的位置強化了模特兒放鬆的狀態。一根巨大的陽具擺放在鎖骨處，從這一側到那一側穿透女人。在這場佔有之下年輕女孩不過是一只咽喉。

　　是的，這是充滿情慾的食人行為。我有一個晚上來證明。

　　看到作品的第一眼，我便清楚了解到這一點，之於我這個來自生肉地域的人：這是每月一場分屍解體，經過精密計時、探索，直到吃人者上顎凹空之處；野蠻多彩的佳餚。然而我可是身在世界的教化核心，身在其文明、律法的核心與高牆裡。對一個作家——這個不習慣欣賞畫作、不熟悉繪畫、將無形視為人類唯一肖像的無形之子、村莊之子而言，此乃當頭棒喝的第一課：要吞吃所愛之人，必須將之轉化為「資產」。亦即緩慢地將主體替換成追尋的東西。所有的追尋都牽扯到物品，就算最後終結於與主體

的相逢！不朽難道不都是用諸如羊毛、花瓶、花朵、萬靈丹、香水、噴泉或峰頂——這些吻或是穿透的化身來應允的嗎？

畢卡索，就像我企圖進一步了解這個外國人而讀到的，他喜歡包圍主體，重覆、速寫、下筆、折返，透過千萬種可能的手法；喜歡那些因多餘冗長的作品名稱而彼此混淆的異本；窮盡性與畫作之間的往返。彷彿為了重申這一點，他 1932 年的模特兒訴說著強暴與繪畫，交替輪流並日益絕望。「他先強暴女人然後我們再開始工作」，瑪麗 - 德蕾莎吐露。

作為一個有教養的好觀眾，我凝視著熾熱激情的這一年—— 1932 的第一幅畫作。《夢》。畫面上的女人擺出保護肚子這種極為古老的動作。因為她面對一個吞吃者，面對充滿慾望的野獸。由於被誘惑，她半夢半醒，一條劃分地域的項鍊讓她獻出那限定的頸。由於完滿，她是雙重的：白天的臉龐清晰可見，組合以畫家區隔開來的，昏暗的臉。她的身體是封閉的，不像後來那些畫作一樣帶有任何陽具的痕跡，她斷絕干擾，意定安穩。實際上她是處女。她親吻自己，自我陶醉，但可供他人召喚。她被描繪成月亮的一種變化，色溫逐漸降低直到入夜的腹部，寒冷依舊。這即是畢卡索將要行走在裡頭的月亮。

　　如何吃掉一個女人？跟童話相反，畢卡索的吻不是為了喚醒他慾求的女人，而是為了讓她睡著。這一點我幾乎可以確定。他讓她陷入夢中，在背後推她讓她成為他的模特兒，意即他的對象物。冷不防，她用雙重性迷惑了他：一邊是肉體，一邊是散發出來的不朽。月與側面。一致與斷裂。既暗且亮。簡言之古老肖像的藝術被無意識時代賦予了雙重性，複雜度在此觸及了歡愉的定義。女人從來不曾單獨存在，而是與永恆的女性氣質同時出現。

　　根據傳說，事情發生在 1927 年 1 月 8 日拉法葉百貨前。瑪麗 - 德蕾莎・華特（Marie-Thérèse Walter），十八歲，生於 1909 年，遇到了這位野心勃勃的畫家。同樣根據一再簡化的傳說，他們有了以下的互動：「小姐，您有一張充滿魅力的臉，我想畫您的肖像。」仔細端詳她那些照片，這位年輕女孩似乎沒什麼足以驚為天人之處；身形結實、太強壯，那張臉下巴線條過分突出，體態豐滿；較貼近力量而非月亮的形象。但這樣想其實是遺忘了慾望的準則：被慾求的身體總是由兩個身體組成的。而在那當下或說那一年間瑪麗 - 德蕾莎稀有的幾張相片裡，看不到畫家的肖像也沒有屬於他的身體。她擁有那些逐漸離他遠去的東西：情慾肉感的時光，因為青春而確保器官運作平衡的時光，如太陽、如火般閃耀的金髮，這種幾乎可說是孩子氣的，也許只是匆匆一瞥的欽慕，與畫家奇異的疏離，或是畫家在相片裡的缺席也會迫使天才奮力一搏。她是他的飢餓凸

起的曲線。圓潤豐滿好用來治癒他的稜角。她擁有暫緩他
內在恐懼的某種東西。他必須把殺死他的時間凝結，所以
要固定住她，限制她，由上而下像進入一口井似的深入其
中。吃掉她，如此才能在品嘗其鮮血的溫熱裡，觸及一具
身體最深處。所有獵人都知道是這樣的溫熱讓人瘋狂、激
動並驅使他們變身動物來追捕獵物。這微熱的血便是目的，
是毛皮的溫度，是我們想用牙齒解開的結。

　　瑪麗－德蕾莎，這個畫家在五十歲時遇見的年輕女孩，
既是偶然的祭品又是一種絕望。她是他不再擁有的那些，
青春，在她的每一步、每一個動作裡湧現。她是他情色的
極致，歲月之丘的另一側，讓他伴隨他那些繪畫、雕塑、
畫布、黏土、風光的雜誌剪報、歌功頌德、婚姻與情婦組
成的星系，登了頂又走下山。她只能糾纏他，而他只能用
一種永不承認的怨恨、掠奪與淨化的慾望一再重畫她，將
她不斷推向骨的抽象或是肉的過量，一如章魚，去骨的生
物，倦怠無力。我在這些白色牆面之間，慢慢認識畢卡索，
一個恭敬且謹慎的警衛亦步亦趨跟著我的「聖夜」之第二
輪朝聖。這個女人正盡可能地四處奔逃，因為畫家懷著失
去她的恐懼追捕在後。畢卡索似乎用手淫般瘋狂的速度來
畫她，伴隨韻律節奏，企圖在佔有中使勁抓住一個頂點。
他想要的是一種徹底的據為己有，我確定。不帶瘋狂佔有
不成情色。我們不是被佔有，這話錯了！我們是想成為佔
有者。不過我扯太遠了。

於是，他一開始畫她，她便一分為二。變得多孔、透明，她的身體與他結合，成為他想填滿的空缺、他想喝的溫熱鮮血，這血且流淌成不同的膚色。靜止不動的她，逐漸增生為肉體與獵物，而每一次她的脖子都被標註劃分，如同一份祭品。觀者都露出了牙齒。而且每一次我凝視畫作上脖子這個角度，總是深感著迷。這是一種征服。或者不是：是一種對話。鮮血說「我從這裡經過，我的路徑即是咽喉」而獵人默許且耐心依舊免得讓它逃走。獵物溫熱的血首先像是個物體般被描繪。

狩獵的第一條法則：必須讓獵物的血流穩定下來，讓她的不安情緒不至於糟蹋了肉質的鮮美。岩畫抓住一個動作的瞬間，然現實是它強制使之動彈不得。獵物被嵌入牆裡，既逃不出獵人的祈禱、逃不出時間、亦逃不出巖穴。女人沉沉入睡，披上夜晚的色彩，長成肉身但也化為諸多響亮的象徵。她正是任由幻夢偶然降臨，繫起死亡的對話。泉水波動時不會出現納西斯（narcisse）[8]。畢卡索嚮往那個一動也不動的女人。她變成容器、洞穴，精液休憩之處。她獻身。已然獨特的獵物成為唯一。我站著，欣賞著《夢》，發現畫家不曾描繪獵物的正面，他注視著她，但總是從側面；她潛入另一個世界，作為畫家的陌生人，與他有所共識但並非共犯，在親密領域而不是在智性連結裡靜止不動。這不是一場觀點的對話而是肉體的對話。兩股力量交談著

---

8   納西斯（narcisse），希臘神話中的美少年，因為愛上自己在水中的倒影而憔悴死去，死後化身為水仙。

但各自劃清界線。瑪麗 - 德蕾莎是那個完整的女人，處在她的避居、她那病入膏肓的古怪，她的獻祭裡。在此，所有的觀看都是迂迴或是閉眼的偷窺。如此被排除在外的女人，更為激烈地被佔有。

提到每個女人都是一幅意外的肖像，上面畫的是那個永恆、讓人鍥而不捨且與您糾纏不清的女人的模樣，這已經是個古老的故事了。人們可曾看過入睡的女人喚醒的千萬色彩？靜止不動有其規則。年輕女孩只要一動畢卡索便會重新速寫，用堅硬的線條，用墨水與版畫再描繪過。當她在海灘上走動時她成為習作。在《浴女》（ *Les Baigneuses* ）裡她失去曲線成就稜角。不動時，便是調色盤或彩虹。畢卡索的模特兒理解他並擺出跟水果一樣的姿勢，扮演靜物，模仿午睡或是小憩，但是猜想每一次畫家還是會擔心她們動了起來，甚或呼吸。

肉食者大抵會盡可能秘密低語：「我們不吃活蹦亂跳的？那可以吃睡著的囉。」介於死去的肉體與不可觸及之肉體的中間狀態。被釘住的蝴蝶讓我們得以畫出牠展翅的模樣。靜止不動因而是擺脫食人行為之古老禁令的第二個條件，其文化允許吞食麻痺遲鈍的活體。在 1932 年與畢卡索糾葛纏繞的年輕女孩應當被石化、坐著、望向窗戶、休息、午睡。對著或不對著鏡子裸身躺下。

裸體若是不模仿祭品是不夠的。經過一連串動作，裸

體逐漸遠去，躲開，在慾望眼中再也看不見。獵物只留下森林，狩獵因此嘎然而止。

我要叫你阿卜杜拉（Abdellah）

　　我是個受邀到巴黎畢卡索美術館度過一夜的「阿拉伯人」，在十月，這個對於身為地中海人的我來說天色陰沉的月份裡。　個夜晚，獨自一人，像是被寵壞的孩子卻又是一場充滿可能、慾望、精心圖謀之對決的見證者，然而我害怕無聊，或是欲振乏力。要理解畢卡索，必須成為詩（vers）的孩子，而不是經文（verset）的孩子。我出身於後者所建構的文化，站在這座鹽之宅邸的石頭下，在這個而不是另一個美術館裡。每次跟朋友說起這保證不虛此行的體驗，總引來他們的笑或是嫉妒。抑或挑起「主事者冒著多大風險啊」這種無可避免的幽默。慢慢地，我於是構想出可能的敘事起點：一個來自敘利亞或廷巴克圖（Tombouctou）或阿爾及爾或巴黎郊區的聖戰主義者，其任務便是進入西方核心的核心──即它的藝術典藏裡予以重擊。身為摧毀帕邁拉[9]之子，這狂熱的迷途份子必須來到這個空間，躲在其中一個地下室，靠近冰冷的洗手間，然後在夜晚現身；接著無論用什麼方式，對著畫作胡亂砍擊一通，將之破壞，抹去西方的痕跡，懲罰這個飢餓時令人害怕，飽足時令人嫉妒的地理版圖。讓帕邁拉的災難，畫作、藝術與雕塑、符號與曲線的毀滅四處蔓延。「直到

9　帕邁拉（Palmyre）是位於敘利亞中部的一個重要的古城，2015 年 5 月被伊斯蘭國占領至 2016 年 3 月敘利亞政府將之收復期間，遺址中的寺廟壁畫、雕塑與神像等無不遭到破壞。伊斯蘭國且在 2016 年 12 月再度將之攻佔，隔年 3 月敘利亞政府則再度將之收復。

淨化那些不信神的神之領地」，狂熱份子如此呼喊。簡單
的虛構故事但在西方卻是值得一探究竟的大哉問：何以他
們對我的文化中的圖像或再現如此不滿？藝術跟女人一樣
是真主阿拉的對立面？西方的藝術或歷史難道是有罪的？

　　一個在畢卡索美術館的「阿拉伯人」，只能是這二十
年來越演越烈之恐怖對決裡的一則插曲，一種風險，一道
張力。我想在不講述這則可預期之虛構故事的情況下進一
步探討這個想法。藉此反思我與影像真正的關係、面對再
現時我的文化恐懼。在「我是畢卡索」──頑強、擔憂、
堅定、受到威脅──與「我是阿拉」之間，憾動、質疑我
的神話與我確信的一切。

　　阿拉是影像的對立面，這是律法。我知道，我活在其
中，在我孩提時代、當我很早就猛烈衝撞這個矛盾時即體
驗過：真主無形可是我們到處都看得到祂！在我的村子裡，
祂的名字與新生兒的名字、用餐時的第一瓢、割喉宰殺動
物、買一件外套或一輛車、踏入新門檻的第一步、死亡和
新生、與每一個手勢連結著。我們以真主之名作為婚禮的
見證，也用來嚇阻孩童。在一神論的勝利之下，讓我想到
這個最古老的哲學問題：神是一切嗎？世界是祂的肖像或
面紗？哪裡可以找到祂的臉孔因為人們說祂有一隻手？遭
到禁止的提問、長輩聽聞後震怒的口氣，在我身上豎立起
影像的禁忌。我應該說我看到真主無所不在但永遠不能說

我見過祂。目睹祂的意圖，但是永遠不能將之描繪成圖。
再現隱藏之事物諸如神、性或秘密，會觸犯禁忌而遭到抨
擊。我的身體即是這個激烈衝突的場域。我必須把一半遮
掩起來，且在陽光下，捍衛另一半。雙手、雙腳、頭是尊
貴的而我們可以暴露出來；性器官、臀部、大腿，不行。
兩者之間是中立領土：軀幹、肩膀、小腿肚。隨著時間過
去，遮蔽／暴露模式的劃分讓影像一無是處，再現、事實、
具體都優先讓渡給遮蔽、神秘、無形。繪畫即是欺騙，誤
入歧途。影像是無形的陰影，它的墮落；最後會成為異端、
成為與神競爭的符號。從小在我的村子裡，人們面對影像
的不自在乃擁有其神聖象徵性的認可。我想說的是，在馬
格里布文化或所謂「阿拉伯」世界的文化裡（與波斯世界
相反──專家說），這條意義墮落之路是無可避免的。我
們生來就被條件束縛。我們經由無數條道路前來，但是來
的時候，全都懷著面對最嚴重之罪行的焦慮：再現、連結、
無限的圖畫、裸體、去除面紗。影像是無形的對立，而無
形是真主。

　　在這裡我談的是村子，是鄉下地方，是民俗、偏執與
傳統的文化，而不是都市菁英、畫家與藝術家的文化。從
我十八歲去念瓦赫蘭大學開始，那是在阿爾及利亞西邊，
我即理解到這個「阿拉伯」世界原本曾經歷過圖畫、爆炸
與叛亂、展覽與布展規劃，然而這些光如此難以照亮小學、
村子的世界、最初的童年。在這塊有著固執信仰的地理版

圖，人面對他的身體只有一半的權力，而這一半他不能描繪，不能再現。另一半，受制於無形，把性與神秘混合在單一的行為裡，且只能用髒話侮辱或是儀式對待之！自此繪畫即是與真主對抗，或是為了恢復比一神論更為古老的神性。

在所有起源神話裡，我最喜歡魯賓遜式的故事，而且是那個由伊本‧西納（Ibn Sina），又名阿維森納（Avicenne），與伊本‧圖費勒（Ibn Tufayl）等人在十二世紀末所改寫的神學版本。他們寫道，在神秘傳說已死去的傳統裡，裸的世界伴隨裸體新生兒同時出現了。這個人物來到世界一座荒島上，其責任是證實信仰乃與生俱來，而宗教遠超過儀式與教條，是一種本性，一種人類深層且自然而然的驅使。無師自通的哲學家正是人身為島民的天職。而他將被稱為「活著的警醒之子」（Le vivant fils du vigilant）——譯自古老文本中的 Hay ibn Yaqdhan。在所有我們輕易可找到的故事版本裡，我喜歡這個傳奇的開場：「我們德行端正的先驅（上帝將為他們感到欣慰）指出印度有一座島，位於赤道下方，那裡的人出生時沒有母親亦無父親。」我喜歡想像我的分身在這座美術館裡、在巴黎的核心，被這個無中生有（*ex nihilo*）的條件所震驚，面對人類的系譜，他是絕對的孤兒、畸形的脫鉤。我的分身因而叫做阿卜杜拉，上帝的奴隸，是從我們的時代那些屍體死肉中生出來的怪物，永遠不幸的孩子。一個孤獨的怪物，

比起狼更接近無稜鈍角的石頭，且像我一樣，留下來，站著，正為這座處在西方重鎮的美術館裡的畫作所著迷。他害怕在這裡被吞噬、否定或孤立，因而想要吞噬、否定並回絕。試圖先以好奇心展開其掠奪，再著手執行其任務：扭曲西方。

　　我需要，在這無眠之夜深處，想像存在於我的惡及其理由。幻想某種橫空出世的攻擊，精準殘酷，新穎而壯觀，我殺死的將不會是那些身體，而是這個不屬於我的地理的永恆本身。用硫酸破壞這些畫作，如同阿爾及利亞內戰那幾年，伊斯蘭激進主義者朝著女性的臉潑硫酸一樣。當時，他們無法要求所有女性都蒙面，於是想出辦法奪走她們的臉。我心忖，為了好好理解我自己，我必須要前往暗黑深處，想像我欣賞的理由與摧毀的理由。我必須探測我那如此古老的不適並觀察何處是其慰藉。我因此想像出另一個分身，他可能在西方出生或者其實沒有，他是無父亦無母的孩子，出生於天頂或夜晚，抑或實際上是個託付給流水的私生子，好比摩西，但這次則淹死他的人民。這兩個版本，在這則中世紀故事的兩種詮釋裡各有擁護者。說明：我所設想的分身，或是個當下歷史的孩子，或是個夢想摧毀世界系譜，好讓自己感到被扶正的孤兒。這應該會是這一夜對決與治療的規則，好讓我從中有所獲得。

　　阿卜杜拉不曉得是從哪條路來到世界，他擁有一半

的身體，因為把另一半給了天堂這個概念，給了彼世，給了一種文化——這種文化強迫他將身體視為等著克服的障礙，而非唯一可能的財富。他透過錯誤的解法來總結他長期的不適：他的不幸是西方的，來自西方，歸咎於西方。他將會把憤怒化為一場聖戰，一部史詩並賦予近乎形而上的理由：西方將遭到懲罰，因為它想與真主競爭，或想超越真主：透過無數機器、它那貼近大地的天堂，櫥窗、裸體且自由的女人、對天際、月亮及地表的掌握，還有硬是把地獄置入頑強抗拒的地理版圖比如伊拉克或其他地方的能力。

　　在美術館這寒冷的夜晚，絆倒我的因而是裸體，阿卜杜拉亦然。展間冰冷然而裸體是熱烈的，這是西方穿越自身時代而來的血。這是攫住書法之子，這個來自南方、來自阿拉國度的男人，攫住我的東西。無論我們說什麼，就算我們將之隱藏，西方之於我們就是裸體（東方是永恆的遮蔽？）。巴黎給我的第一個記憶不是它的鐵塔或它的河，而是在某個地鐵入口親吻的情侶，光天化日之下，當著眾人面前，做出冒犯他人的不雅行為，擾亂了摟抱時的隱蔽原則。眼前便是裹住一片唇的舌頭，唾液佈滿幽暗處，一對情侶站著吸吮彼此，而在我的故鄉，愛是躺著的、水平的、引人遐思，在簾幕之後秘密行事，藉由婚禮或隱密隔離來遮掩。我記得早先在巴黎的那些吻，最是灼熱但也最為不雅。那些吻不是我得到或給予的，而是我仔細審視，

彷彿看著許多肚臍在我眼皮子底下重新生成似的，毫不掩飾，但說穿了不過是兩張臉。像我這樣的西方主義者，與東方主義者相反，我被親吻、被海報與坐在地鐵車廂裡女孩的大腿等公開的裸露給動搖了。這有點像是世紀的逆轉：不再是魯賓遜被星期五的裸體所震驚，而是星期五無法想像、接受魯賓遜令人驚愕的裸體。在魯賓遜式故事的經典場景裡，當白人突襲食人族的儀式，「救出」黑人星期五之後，很快就出現了衣著的問題。魯賓遜不曉得這不幸的人是否擁有靈魂（所以他那家喻戶曉的名字是選自週間的某一天），但他驚恐地發現，他也有一具身體而且這身體是裸著的。他感到可恥、困惑並且火速為此傷風敗俗行徑提出解決之道。他拿衣服給星期五穿，替他縫製衣服。裸體在迪福[10]那個時代是敗德的，要不也是種醜聞恥辱，對上帝的褻瀆。兩、三個世紀之後則相反，現在，之於我，在我眼裡，透過我的雙眼：是我被西方的裸體與它對身體的崇拜所震驚。我的阿卜杜拉被嚇壞了，認為這是對他的信仰與價值觀的攻擊，無法接受性與空間的邊界灰飛煙滅。這一次，是這個憂心忡忡又殘暴的星期五想找衣服給白人穿，替他著裝好遮蓋他的粗魯。醜聞換了邊。救贖的概念亦然。而靈魂的思考等著在這些沒有靈魂、已經失去或未曾擁有過的人身上尋找。

　　阿卜杜拉面對裸體時會永遠感到不自在。裸體將意味著違抗、失根、遊蕩、非道德主義（immoralisme）。然而

10　迪福（Daniel Defoe, 1660-1731）即《魯賓遜漂流記》的作者。

這些字眼不過是規避本質：即他與自己的身體的關係。他拒絕承認自己擁有一具身體，一具他要帶著，且是與無形分庭抗禮的身體。阿卜杜拉，就跟很多人一樣幻想不要擁有身體、想脫去肉身、化為無形。<u>模仿真主</u>。他會根據儀式清洗他的身體，淨化之、折磨之，用汗水或是齋戒將之逼至絕境。如同所有一神論，他會相信藉由某種卸載和背叛可以消除聖經裡的原罪。裸體是天堂的反面。此外還是一種對天堂的褻瀆。裸體將會恐嚇他，像是時辰到來之前的啟示，一種對彌賽亞曆法的破壞。這便是我的分身面對裸女、面對性或面對慾望時的憤怒來源。一旦遇到另一具慾求的身體，我們那讓人懊悔又永無止盡的限制，便會成為一種殘酷的提醒。愛戀纏綿最美的短兵相接是無論儀式、神、法律、見證者或陪審團均無法干預的這些。或許就是這一年，畢卡索在介於快感與殘酷的路上所畫的這些。

一幅畫：《躺著的女人，裸著》

　　獵物的身體在做愛之前是腫脹、充飽且蜷曲，肥胖、肉慾橫溢，宛如水母、更像隻章魚。這具身體在高潮之後化為速寫，輕盈、幾近透明，朝著符號與象徵的斷裂敞開，讓神祕的淡紫陰影探索她，《躺著的女人，裸著》（*Femme allongée, nue*）上了色，色彩溫暖了皮膚，展現熱情，拙劣地模仿鮮血，同時具現了女人的性器與男人的陰莖，將器官混合；被吃盡的女人是速寫，以墨線勾勒，被掏空。繪畫是從生食到熟食的轉換，是一場婚禮，一場情人的相遇。畫家強暴女人再作畫。阿卜杜拉將可以強暴然後作畫，閉上雙眼，意念被他的信仰所催眠。他會踩踏在我的身體上走進他的天堂。我想像他是年輕的，但承受著對時間的恐懼，吃苦耐勞笨手笨腳，嘗試把他諸多恐懼與焦慮轉化為一部史詩。「生來無父無母」，伊本・圖費勒這麼說，一針見血。他自視甚高且正尋找新的血緣關係。像他這類的人的所有問題都在於缺乏一段<u>歷史</u>：一段可依靠、得以在其中汲取各種版本的歷史，一則他賴以生存的神話，一份信仰。他缺乏任何關於他的生命、他的死亡與他的身體的有效故事。他無法將自己代入一個童話或是一份敘事、一部小說、一則連載。於是他打算把自己置入他那個年代的

宗教科幻。聲稱自己是某種秩序或是某個任務的代言人來矯正他周圍的世界，為自己提供一種集體自殺來減緩自身的自殺。

禁錮在別人身體裡的納西斯

　　不過這個畫家的作品名稱何以讓我糾結混淆？這一晚，我花了好幾個小時試著把它們整理在我的筆記本裡，然後我的結論是：因為這些名稱彼此重複。他自我重複；這位大師自我重複著。這些畫作都歷經試驗、花過心血、一畫再畫。有好幾條路徑折磨著這個男人，某種混雜的氣味使他迷失然後重新把他導回那條枯草之路。就像那些假意摩挲肩膀的碰觸，是為了狡詐地抵達中間那團濃密的毛，那濕潤處；輕拂臉頰，然而目標卻是乳房。

　　在美術館這個冰冷的夜晚，身為業餘愛好者，我一邊筆記著展出作品名稱，一邊對自己提問。倘若西方在畢卡索身上，在這場線條的狂歡、華麗的去骨術裡找到意義，那麼現在輪到我把他的作品當作五彩斑斕的經文、淺顯易懂的事物來談論。調查員對於畢卡索這些身體的第一個問題是：這些重複是為了什麼？我於是回到自己的肉體經驗，我的性慾。畫家是處在一種孤獨的行為裡，這點應該足以釐清一個方向。因為我對這種孤獨行為及其絕望同樣熟悉：從內在觀看並感受，性是一種之於永恆的經驗，亦是從外在看來一只不幸的鐘擺。這即是肌膚摩擦與星際旅行之間

的差異。沒有比凝視一場性交更荒謬的了，那種堅決，那
種悔恨般的摩擦，那簡化為兩個動作的例行公事，結合的
姿勢本身：這一切始於親吻中美妙的囓咬，偷嚐禁果的記
憶，而在胯下獲得紓解，像是用四隻腳逃跑。例行公事是
對手與永恆墮落的那一面，我人生一個古老課題：年少時
我對著相同的圖像自慰，但我也在我成長、那個沒有書本
的村子裡重複讀著相同的小說。《神秘島》讀了 12 遍，《勝
負未定》3 遍，我想是在同一個夏天，《地糧》則差不多看
了 20 遍 [11]……。因而我能夠，慢慢地，歸納出在這些重複
裡有著某種封閉，某種慾望的筋疲力竭正折磨著你，還有
某種把慾望耗盡的方式，像是一匹野馬在你的肚子繞圈繞
個不停。

　　後來，我看了一些吸血鬼、殭屍電影，而我掌握到傳
染的普遍法則就是人們被咬的時候。這有點讓我想起慾望
乾涸的一面，因為最終沒被滿足而變成例行公事。在這些
電影裡，人們通常帶著激動情緒與恐懼，在被咬的命運裡
徘徊，但幾乎不曾從咬人者遭到詛咒的宿命這層意義上，
來思考他的悲劇。他是永恆的惡人，然而只需多一點思慮
即可明白，吸血鬼的啃咬是他與獵物之間一種共享的磨難。
因為吸血鬼是囚犯，他不吸食別人的血便無法存活，於是
在這樣的情況下，他藉由傳染別人增生自己的倒影；那些
像他的吸血鬼，即是他孤獨的延展，他那永遠無法一了百
了滿足其飢渴的，納西斯的宿命。在這場血的自戀癖裡，
<u>他者</u>，是肉之泉，而非水之泉，他在其中凝視自己的倒影，

11　《神秘島》（*L'Île mystérieuse*）作者為凡爾納（Jules Verne），《勝負未決》（*En un combat douteux*) 是史坦貝克（John Steinbeck）1936 年的作品；《地糧》（*Les nourritures terrestres*）則為紀德（André Gide）1897 年出版的散文詩集。

那透過尖牙咬痕所壯大的自身形象。

　　對畢卡索而言，身體的裸並不在於她一絲不掛，而僅限於她被慾求，換言之就是被追捕時。獵物不是屍體，她必須加入一場決鬥，一次狩獵，一趟歷程。從畫家不再畫靜物而改畫貪婪、展現濕潤、縫隙、陰部與肚腹的生物開始，畫家就是食人族了。所有我凝望良久的作品都是這些反覆吟哦的時刻，性的種種行徑。恐懼與缺席的時刻，伴隨著獻出的頸；我們想同時獻出（拿取）嘴與性器官時，那扭曲的時刻；情夫的手臂與情婦的豐臀交纏的時刻；獵物思索她的前世、傾身靠向一扇窗，既渴望自由又渴望溫柔之死的時刻；畫家的性器穿透女人直到變成她的臉的時刻；女人回到自身的時刻還有畫家只不過是她的輪廓的時刻，而在她的伸展裡，凝止不動的時刻是靜謐版本的傾慕。所有這些時刻都成為畫、草稿或習作。不停地重複、挖掘。

　　吸血鬼傳說是例行公事的一種悲劇形式，而畢卡索沉溺其中、屈服、跟著遭受詛咒。他的藝術是他戰勝宿命複本的方式。也許這是我某種自負的直覺，我可以肯定，那些女人在他繪畫的不同時期，都是他眾多儀式的模特兒。精練、反覆、學習乃畫家的本分，但是對自己的例行公事進行告解亦然：女人長時間坐著，長時間在海灘上嬉戲，永恆地望向窗外，永恆的裸與睡，重複，在她一種姿勢被認可之前都要丟掉十張草稿。

　　而我驀然憶起，那令他著迷不已的骨頭，在他口中是一張絕美、充滿力量，宛如其自我夢境顯影的圖像：「您有沒有注意到這些骨頭總是透過塑模而不是削整成型，讓人覺得它們都是先用黏土塑形再脫模而來的？不管您看的是哪根骨頭，總是可以從中找到手指按壓的痕跡……[…]不管在哪根骨頭上，我都會看到這自得其樂形塑著它們的神之指印」，他對 1932 年認識的攝影師布拉塞（Brassaï）這般吐露。面對瑪麗 - 德蕾莎的身體，畢卡索把自己當作神，在碰觸她或為她塑形的當下，玩起把雙手的痕跡留在她的骨頭、她的肉上面的遊戲。他自詡是造物主，他想回到上帝把黏土緊握在手中的神聖時刻。

　　我的分身阿卜杜拉對這種壯麗的褻瀆將會感到困惑。根據真主的律法（Loi de Dieu），人類的身體不屬於自己，女人的身體則更不用說：我們不該更改畸形醜惡，校正一種美學，補救一道眉毛、鼻子或是修飾乳房。「願真主的仁慈遠離那些紋身者與接受紋身者，除毛者與讓人除毛者，為了美而銼牙者，改變真主賦予的形貌的那些人。」某一則聖訓寫道；而根據正統的實錄全集，如此主張可追溯到先知穆罕默德。古蘭經不存在這樣的禁令，然而教義對身體所有權及形貌之不可侵犯原則，立場相當嚴峻。擁有者是神。身體被借出，而我們都是身體的房客。這在我們與那個不時被稱為形而上或信仰的世界之間，造成了一種不

安的距離。於是乎，人類作為房客便以疏離、警戒的心情
來對待這個短暫且不屬於他的身體，他可以毫無畏懼擺脫
這具軀殼，殺掉另一個人時還認為不是真的殺掉他。就像
所有一神信仰的論點，死亡在此並非終結，因為生命本身
也不是。所以拋棄所有權是獲得至福的序曲或者說是條件。
奇異的是，對阿卜杜拉來說，所謂罪過不是殺戮而是墮落。
殺害，是將身體於永恆中重置，但是調整一片嘴唇、乳房
或是一道眉的形狀，是「修正」已然絕對且不屬於自己的
東西。這在他眼裡是必須受到懲罰、予以譴責的。

　　因此模仿神的思維之舉動，複製「有！他就有了」[12]
來破壞身體的人，將會遭到更為淒厲的詛咒。對我這樣的
外國觀察者而言，西方在兩或三個世紀之間，引發了一種
危險的反叛：這種反叛包含將身體的所有權從無形、從天
堂、從原則，從上帝或是從烏托邦連根拔起，接著將之轉
交給藝術、給人類、給慾望、給日光浴、給畫家！宗教，
特別是一神信仰，是對身體的一種剝奪。人們把面紗、蒙
騙、臭皮囊的召喚歸咎於身體，人們編造出靈魂是身體的
俘虜這種說法然事實恰恰相反。西方在其革命帶來的混亂
與暴力中，嘗試與這個病癥抗衡，慢慢解決它，但同時處
在這種困擾裡：其實是靈魂使太陽失去光彩、降低熱度、
扭曲了鹽與口水的味道，因為懷疑而糟蹋了重量與尺寸的
確切，掠奪了美味。靈魂是身體決定與世界之所有權間保
持的距離，是包覆我們雙手肌膚的粗糙手套，將我們的血

12　見古蘭經第 3 章第 59 節：「在真主看來，爾撒確是象阿丹一樣的。他用土創造阿丹，然後
　　他對他說：『有』，他就有了。」（馬堅譯本）

液以玻璃裱框。藝術是它的對立面,是返回聖經禁果且不
理會末日審判之最浩蕩的行動。藝術進行描繪,故而在意
義之下歸還身體,給予厚度、活化復甦、將之固定以減緩
其消亡,讓它儘管死了仍可以透過書的嘴巴說話,透過舞
蹈或雕塑走向療癒之路或是抵抗最為艱困的時刻。藝術不
是一種想法而是特定的想法。儘管祈禱保有其勝利及神職
人員,面對肉體歡愉這種人性的迫切需求通常會讓步。在
遭到以天堂與宗教之名的控告、汙衊或排擠之後,身體動
員造反並重拾其權利,一點一滴自我修復。

　　藝術是身體,一場古老的戰爭。它的對立面是謀殺或
是殉道。它的對立面是背叛。這種反抗,阿卜杜拉將會在
其傲慢與殘酷裡激烈感受到。他將氣到發抖,在展廳的寂
靜中對這般恥辱咆哮,重新規劃他進行破壞的理由,並認
定這是對其神性的一種侵犯。他將成為靈魂的傭兵,身體
的懲罰者;異端審問者。一場在兩種世界源頭之間的戰爭:
一份文本對立於一種性;一張畫對立一種律法。阿卜杜拉
的世界觀裡存在一個弔詭的翻轉:他想要死後的身體與死
前的靈魂。他想要交融、輕盈、無形、無重量亦無實體,
透明,以便反擊裸露與性的可能。在末日審判或復活之後,
他的身體被召喚、命令、折磨或獎勵,質問且被迫作證以
反對自己。藝術想要相反的事物,而且只想要身體,不要
最後也不要最初的審判。它想要一種並非透過訴訟交易而
來的永恆。一種不像背叛後說好的獎勵而是可觸及的幸福。

藝術是世界的背：它乘載世界的重量，且讓時代在上面如紋身般畫出符號與故事。

但是，在食人族的狩獵結束時，人肉究竟是什麼味道？

重新發明的裸體

畢卡索畫裸體，一如整個西方。只是他用獵人的眼睛、情色的眼睛來做這件事：他固定住慾望並慾望之。他畫他自己的裸體，同時，將之嵌入變成執念之魚缸的模特兒裸體裡。這是他巨人的革命，他的反－西方，他對當時那些古老形式的攻擊。在過去的裸體裡，身體奪走性，將之撲滅、去除其根本的暴力，以溫和修飾之，畫出一幅習作。畢卡索這裡的性，陰阜、乳房，女陰和臀部都是真正的身體，解剖的殘餘被推至遠景。模特兒不再是將多毛的性器遮住的腿，而是那雙腿如山谷般開展的女陰；鼻子是陰莖的延伸；身體成為性器的配件而非倒過來。除此之外，模特兒不再是疏離的畫室裡，跟畫家保持一定距離的對象物；而是某種較為親近、像是畫家的血一樣的東西，一種流動。藝術家不是在畫一個水果，而是畫一種咀嚼、一口唾液。不知變通的文化根據其習俗與清教徒式生活準則所規定的那些，畫家皆重新安排：臉是屁股的巧合，乳房往脖子方向長等等。情婦是透過慾望被注視著，而非跟著驗屍的眼光；她在情色慾望那種同時性（simultanéité）暴力裡。令人垂涎的女人永遠不會被解剖，而是被重組；她不是靜物而是死與生的本身。瑪麗－德蕾莎扭曲著，因為她被咬，被

一個男人抓住，任由他擺布且隨他啃食，這是在嘴巴味覺
殿堂裡的一塊肉。她被畫成章魚的模樣，在部分畫作裡則
是某種水母的樣子，她並不畸形，但她是畢卡索對年輕女
人可能會有的畸形慾望之倒影。於是，她被去骨、或維持
不動，既無皮膚也無稜角，他就這樣吃著她，而她被綑綁
在凝止裡，臣服。一切都是這個畫家自戀的肖像，他的臉
出現在每張面孔凹陷之處。

這是一張薩堤爾的自畫像，精力無限乃至成癮。

這顯而易見的事實此刻仍衝擊著我。這正好合乎我在
我的地理版圖上所經驗的身體概念：身體是個畸形的性器，
在舌頭、動作與暗示裡侵入無形。這畸形的性器在身體下
方，而神在身體之上。因為裸體並非情色而通常是情色剩
下的那些，而這就是我們混淆兩者所以搞錯的地方。前者
是暴力的直接性、決鬥、追捕、咬痕與抓傷，移動，他者
身體搖晃起伏之無所不在。後者則是製圖學、時代的準則、
富足、豐收、華服首飾。

此處，在 1932 年的週期裡、藝術家與年輕女孩在巴黎
相遇的這一年，猶如秘密、糾纏與灼熱的性和畫作的連載，
將身體寫成一本日記——因為被慾求、被殲滅——身體不
再在形態的停頓下獻出自己，而是在所有感官調度專注沉
浸的瞬間展現。畫家將它扭曲變形是為了畫出汗水、動作、

喘息的一種詭計。我們透過吃人的激情來解碼這些場景，便幾乎可以找出其中關鍵：當我咀嚼著我想吃的食物，也就是打來的獵物，且它塞滿了我整張嘴整雙手時，一場滋味與影像的爆炸就在我身上發生了。這解釋了那些荒謬脫離現實的稜角。試試看，您將會在其中看到色彩混入了鹽，森林的斷木殘枝有著乳頭的味道，影像從被吃掉的身體炸裂，混雜物帶著他們的胡椒蔓延至全身血液之前，在舌頭、口腔中擴散。情色的身體，在狩獵儀式的地理版圖上是這樣獻出自己的，而畢卡索及其同門師兄弟在這種藝術裡描繪它；身在框住我的世界的書法裡，這藝術令我心旌動搖：陰阜與腋下的同時性，側臉帶著手，臀部被模特兒的唇托著，而她的臉沒有後頸因為它在我們的周圍、在我們同心圓的追逐裡陰魂不散。這是品嚐之瞬間的圖解，一種物理上的不可能然而是種情色上的可能；被吃的肉是個唯一的瞬間。

　　也許在上個世紀初期的慣用表現技法裡，這個備受推崇的畫家並不解構身體，但是身體在歷經兩次世界大戰與多次絕望的高潮之後，就成了這副模樣。在行動的推擠、衝突裡，身體的體積在我們被慾求或佔有時，就會彼此撞擊。身體就在這裡，確實裸著。只有在高潮之後，當激情褪去而感官根據我們的本性重新歸位，身體才會再次落回我們認定的標準，變成「我們」，平凡而沒有深度。飽足的身體不過是另一具身體的記憶，最後的痕跡。我們漫不經心撫摸它，我們流連在它那些缺陷裡，我們用手指輕碰

幾處衣服掩飾的醜怪，我們再次學習分辨其差異。

　　在這些我盡可能放慢腳步、細細審視的畫作裡，每具身體似乎都在跟一個無形的人做愛，而我好比闖入新房的不速之客。這緊緊黏付的無形即是畫家本身，他繪畫的藝術。畢卡索在女人的裸體中畫自己、一畫再畫。他瞄準自畫像的情緒頂點：那個我們從內在，從糾葛癡迷的垂直切面裡，從他的執著之視角所看到的頂點。但在這裡，為了這張狂熱的自畫像，畫家將自己肢解，畫在女人的肚腹上。此刻在這裡，我們理解畢卡索何以過度揮霍顏料甚至幾近濫用──當我們繪畫時，要如何表達呼吸，或是尖叫？用色彩，母音成為色彩。而要傳達癡迷執念的溫度，也沒有比顏色更適合的媒介了。

如何吃一個女人？

　　我在凌晨三點對自己提出這個問題。人們說這個時間
是夜的頂點，既非白晝亦非黑夜；此刻的巴黎，同時帶著
早起與晚睡的嘈雜；天光逐漸偏灰。這個「如何」的提問
是吞吃操作手冊的重點。比如，為了吃一個女人的第一條
守則，即是辨識她。將偶然的相逢轉化為機械性的必要。
女人，就是這個女人，擁有這具既完整、圓滿又半邊空洞
的身體。這具身體召喚天堂的草木，一如天地初始；歷史
的開端與結束；某一種凹陷。被慾求的女人在人潮裡會發
出一種聲響，有著肉體與織物交纏而來的斑紋，相遇時會
揭開面紗，比如微笑的時刻、在古老十字路口因風吹而露
出臉龐的時刻。我們在小巷弄或是晚會中與她錯身，而她
凝結了其餘圍繞著她的一切。接著，在情節與習慣的森林，
我們起身追隨她的足跡，撥開叢枝灌木，在野草猖狂或日
曆、時辰或失眠裡隱約窺見她。狩獵開始了。在獵人的身
體裡，一顆心權充長矛或是嗅聞著風的鼻子。手知道自己
能夠搬移整座樹林，或是把整片土地當作一塊布或是簾幕
般收起。獵人的身體感受到某種需要，褪下衣物、揭露自
己、坦白並任由其凹陷與內在空虛曝光。他脫下鞋子因為
土地神聖一如清真寺或神殿。為了乳房或嘴唇的墓碑，他

認真地夢想跟她死去。姓名退回到記憶裡，因為在情色邂
逅裡我們無姓亦無名，只有所謂「你」、「我」之間這古
老而暫時的共享。他把位置讓給裸露的肉體，而在引領她
走向情人的路線上，施展古老荒謬的詭計。我們變成傾身
在茂密草叢裡的小丑；屁股露在半空中，半閉的雙眼迎向
對他人來說普通的秘密。我們豎起耳朵迎向種種尖銳的記
號。我們趴在地上嗅聞，而他人的香水是一幅畫、一條小
徑、擲距骨的遊戲[13]以及淘氣的嘲弄者。我們在這一角隱
蔽裡精算著心臟發出的任何一點微小聲響；我們定住不動
接著我們攀爬，我們前進，安靜地。

　　我們必須固定住我們想吃的女人。於是我們送她花好
讓她的時間暫停；還有香水以蒙蔽其警戒並讓她忘記自身
的飢餓；我們對她說話來麻痺她；我們為她描述夢境因為
有夢才能使她闔上眼皮，誘發睡意、黑夜；正是在黑夜裡
味道嚐起來更好，夜間的味覺較為寬廣遼闊。我們感覺深
邃的夜是位年邁的大師而星星都是驅趕獵物的人。我們跟
女人說話直到讓她忘了自己的名字、自己的故事；她再次
跌落無限與世界的初始；她認為自己是永恆，然而她仍維
持沉思貌讓人描繪，讓人把她視為一尊靜物，一個窗戶，
一只獵物。

　　接著，為了能使用繩索，我們必須利用無重狀態。獵
物被手引導而望向鏡子、甜言蜜語裡的自己。作為祭品她
不覺得孤單反而感覺有人陪伴。她登上舞台，我們在那裡
準備第一次撲咬，還有將吞食、想吃掉她的肉、吃掉時間

13　擲距骨的遊戲（jeu d'osselets），古希臘極為盛行之類似擲骰子遊戲，以小綿羊的距骨製成，
　　每塊共有四個面。

的慾望偽裝起來的吻。蘋果是她而樹是一面牆，天堂是一
則韻文而上帝是規律的滴答。女人任由自己走向永恆並躺
下來，狩獵尚未結束。在性愛之前，最後的時刻，把自己
的皮，身為獵人那張自行剝下的皮給瓜分，剔掉肉——他
的肉，一塊接著一塊，一邊吞吃那永不疲憊的雙唇。他把
分分秒秒經歷過的一切攬在懷裡，把他的名字放在黑暗中，
並為自己製造從前被忽略的意義、觸角。他有超過 33 根手
指或是四肢。整個森林被這食人之火熊熊點燃，這火將把
情人烤熟直到化為點點火花。所有火焰都是趨近火花的一
件作品，一場森林變成一顆壓爛的水果的旅程，一場攀登，
一次聰明的失策——直覺導向。節奏當然是斷續的，因為
當我們為了另一種引力、另一種重力而分筋錯骨時，必須
如此。

　　繼皮膚、還有名字之後，只剩下手。獵人現在知道他
想吃，一吃再吃，而愛的順序與肚腹相反。陰阜成為十字、
國家、遺忘。其實不是遺忘，而是藏匿，回歸陶土、質地
緊密而濕潤的黏土。這是一道顛倒的泉：它喝掉世界殘存
的一切。最終，我們理解宗教不過是一個慾望的模特兒。
必須前往女人的陰阜、她的身體、被她吃掉；這才是真正
的祈禱，最初的祈禱。必須倒退地攀登上我們時代的文化，
走相反的道路：從書寫走向文化，接著上溯到童話、狩獵、
部落中心的營火，重新把受辱的綿羊獻給聖經裡的神，把
兒子召回母親的子宮，母親回到女人，吃人行為，獻祭的

古老儀式；自我犧牲。人到了五十歲，在俗世除了讓別人把自己給吞吃了別無其他。畢卡索在 1932 年經歷過了。這就是所有我們應得的。如何否認它？

這是何以在某些文化裡女人被當作一種神秘事物來崇拜。她既飄搖又必要，是獻祭裡的女王。「毫無瑕疵的吃人行為」，或許是歸納這一切的最佳暗黑公式。

瓜分自己的皮、自己的身體，只留下緊貼的嘴與即將完滿消失的雙手：畢卡索在這一年不停地畫這些。在近乎完成的狩獵儀式裡，緊接在殺掉獵物之後，蠢蠢欲動的高潮關鍵時刻，必須將皮與意志的肌肉分開，用親吻時伸入對方的嘴的舌頭來觸及自己的臟腑，將自己當作一隻等著被肢解的野味，倒掛在一棵樹上，在翻轉世界秩序的衝動裡，頭下腳上。推翻一切回到那些起點。看著鮮血流淌並當成故事來述說。傾全力親吻而掏空肺。挺進而讓自己的性器被切掉並成為整個性器。成為下水雜碎，一顆分離而無力反擊折磨與激情的頭，一具被整座幸福墳墓吸乾的軀體。

在他吞吃的慾望，坦承將繪畫視為觸知與掌握之行為的慾望裡，畢卡索有時會訴諸一種巧妙的手法：畫在雕塑上。他用兩種方法來計算身體的尺寸。最後，這畫家畫的不是眼睛所見而是雙手所掌握的，彷彿為了在骨頭原型上

留下一抹神的印記。要表達這種明確主張，再也沒有比這
種手法更為清楚、更激怒人、更暴力的了。畫一顆石頭同
時是凝視它並掌握它。好比描述一款香水：體驗並將之固
著。釘住它的無常但是讓人從意義的內在領會它。

　　揭開 1932 年序幕、預告了大餐的那幅畫，被取了
個很普通的名稱：《紅沙發裡的女人》（*Femme au fauteuil
rouge*）或《坐在紅沙發的女人》（*Femme assise dans un fauteuil
rouge*），是一個運用石頭和球體的不穩定性組合而來的人。
我們大概會在這些僅留有基本元素之形式的詮釋裡，在赭
紅、闇黑的血色中迷失，直到我們理解這不是一位模特兒，
而是一個模型的肖像。這雕像不是人的肖像而是一件翻模
製品。男人緊緊擁著、觸摸著，「在黑暗中摸索來畫出屁
股」──根據畢卡索說法，然後帶著他交手過、品味過的
形式之記憶離開。彩繪的雕像是種法定佔有的終點。畢卡
索精準呈現出那個時刻：一個藝術家拿起一塊黏土，揉捏
著，閉上雙眼想留住當下具現腦海、期望賦予這具軀體些
什麼的時刻。我繼續在這幅畫附近兜轉，伺機觀察並自己
建構出另一種真相的版本：藝術家在他創作、雙手感知的
當下，想跟上帝凝視祂的天地萬物一樣，凝視這個女人。
這具奇形怪狀的軀體從畫室走出，或說讓人看見一個造物
的過程。過往古老的肖像在肉體上停留太久，在形式而非
結構上模仿某個神。我們以為身體是由色彩詮釋或任憑雙
眼揣測之靈魂那可見的面貌。身體神秘的那一面其實是某

種彼世，而畢卡索把它拿來進行一次解剖學練習。為了感
覺更貼近上帝，沒有比再次找回愛人的身體，並以其骨架
為基礎來重新創造更好的了。我們便是在骨頭塑模成型的
瞬間感受到聖靈充滿，在圓潤的形狀裡留下自己肌肉緊繃
的痕跡。上帝是一幅從內在、甚或從過往望去的女人肖像！
這也是吃人者一頓飽餐之後剩下的恐怖殘骸。《坐在紅沙
發的女人》（ *Femme assise dans un fauteuil rouge* ）的形象被捕捉
之際，她不過是天神心裡某個想法或祂手裡中空的形式。
畫家談起和骨頭的這些關係時，把它們說成像是一種蠱惑
的魅力。

　　這個女人墮落了嗎？不。她自我淨化了，返回她那拱
形凸起，圓潤了起來，再次變成遠古的球體，炫耀由石頭
疊起的高難度精妙平衡。只要她一個動作，眼皮一眨或屁
股挪那麼一下，一切便得重來。這是完美的天女：她根據
微風、慾望或一扇窗的間接光而幻化。她坐著並自我組織，
她俯身並自我形塑。這是一尊活的偶像，是隨著指尖挪移
的石頭。在其姿態的天堂裡，她即是中心、祈禱的場所，
朝拜的道路上，從前異教徒殘留的遺跡，讓觸摸者圍著它
轉的中心、興奮激動。在這個迴圈裡，有著描繪豐饒多產
的尖銳慾望。
　　這我確定。

西方展示的性

西方是一具女人的身體，一個折磨我的慾望，因為它超出我所能設想的範圍；一種由無數的符號與影像、表演和文化所展示的裸露；一種道德的分解，一種藝術的重組。

瑪麗－德蕾莎・華特，畢卡索那有著千萬分身的女人，也是我未曾經歷、未曾預期的故事。我直到接近 25 歲才看過一個全裸的女人。在這之前，女人是則散亂的故事：14歲時一只褐色的奶頭；移民法國的表妹回來時，夏天的一截大腿；青少年時，成功攔截到西班牙某個電視頻道所放送的廣告裡面的女人屁股；9 歲時一本書的封面上亮晶晶的唇。處女情結阻斷了被吻過的女孩們胯下的通道，我們把性體驗成一個無形而沉重的宇宙、最初的重力法則、黑洞扭曲一切，包括我們稍微靠得太近時所聽到的字眼。

於是在我大學很長一段時間裡，女人不過是半個身體、一個胸部、某種擺放在布製底座上半人半獸的怪物。有一顆頭、飽脹的乳房與慾望之獸的雙頰的雕塑。靜物：半身像、高腳托盤與調色板；窗邊的靜物 [14]，被砍下來的頭。如今有些伊瑪目（imam）主張，為了取悅真主，只能在全

14　作者這兩句話正是以畢卡索兩幅作品名稱為文：《靜物：半身像、高腳托盤與調色板》（*Nature morte : buste, coupe et palette*）、《窗邊的靜物》（*Nature morte à la fenêtre*），而在《窗邊的靜物》畫面上，即有一顆被砍下來的頭。

然黑暗中和妻子行房，在簾幕或布幔後面，在摸索觸碰中，完成這場侵佔、這個反裸體的藝術。我的分身阿卜杜拉也會幻想這件事，不過是在一種怪異的顛倒狀態下：裸體是死亡的承諾，而生命必須在觀看、在光天化日之下被竊取。在那些聖書裡，身體只在做為復活的見證時才被接受。它是一具末日審判過程中的身體。古蘭經也提到，手腳四肢、每個器官都能轉而作為反對靈魂的控方或辯方證人。「你有偷竊！」手會這樣說。「你有逃跑！」腳會這樣說。身體承受著折磨、火燒、癲狂、無限、高潮與陶醉。彼世是有形體的、具象化的，充滿意義與血肉一如亞洲寺廟的淺浮雕。而現世則必須在無形的領域裡：身體必須遮蔽、隱藏、領受水的洗滌而更臻純淨，鞭打好讓靈魂從鞭子抽裂的皮膚上顯現，齋戒以得輕盈，並受到禱告週期所約束。身體必須祈求寬恕，這即是神學的秩序。我想像阿卜杜拉面對這般的混亂：身體在死之前已然裸露，而彼世僅僅是一個概念、一條靈魂、一陣風！這是讓人無法忍受的曲解，階級的混戰，毫無章法的時序。猜測天堂就在此處、這裡、在他痛苦的短暫裡──這樣激烈的懲罰可能會將他摧毀；或驅使他進行摧毀。在他面對裸體的恐懼裡，有一種自殺的定義是他承擔不起的。於是他破壞畢卡索的畫作，西方、身體、古牆、那些講述我們如何擁抱的書、一切的彎曲起伏。因而阿卜杜拉要不就是想替魯賓遜穿上衣服，或者想剝奪他的身體，好解決其裸露帶來的恥辱。

＊

西方因此是個裸體，它是裸著的。阿卜杜拉想把它導向正軌、符合其真主的意志，使它大方得體，讓它承認罪行——它在殖民時期曾以殘暴血腥模式企圖改變它所統治的人民。這是近三個世紀以來徹底翻轉的行動：傳教士不再是想教化野人與「其他人」（les autres）的西方人；相反的是他者（l'Autre）登陸西方，希望讓它皈依動輒得咎的真主。西方不再是一種擴充而是退守；不再是管理者而是接受命令。

我用這種新視角重讀這段摘錄，一邊想像丹尼爾‧迪福筆下的星期五，被一個現代魯賓遜滿不在乎的裸露行為所驚嚇。我喜歡帶著把一份十八世紀舊文本當消遣的某種波赫士之眼，再次審視這部經典小說。因此，身為傳教士並改信他教的阿卜杜拉，這次則發現魯賓遜這位觀光客兼日光浴愛好者的德行堪慮，並將會思考如何確保他能獲得救贖。「不管如何我先給他一件麻布短褲，那是我從標註是可憐砲手的那只箱子裡找到的，就在那艘遇難的大船上：稍做了一點修改，很適合他。接著盡我所能用羊皮給他縫製了一件上衣：如今我已經成為一個手藝不錯的裁縫了；然後給他一頂十分舒適且滿時髦的軟帽，是我用野兔皮做的。這樣一來他一身行頭算是過得去了，再說沒什麼比看到自己幾乎打扮得跟主人一樣體面來得讓人高興了。

事實上，他剛穿上這一身裝束時頗為彆扭：短褲穿歪了，上衣的袖子跟肩線和腋下都不太合；不過，把他抱怨、覺得不舒服的地方放寬了點，加上他也漸漸習慣之後，他看起來就很自在了。」這段敘述從二十一世紀的嘴裡唸出來是多麼瘋狂！多麼像一個玩笑，如同最悲劇的譫妄！

我的分身阿卜杜拉於是夢想替他眼前的畫中人重新穿上衣服。他將混淆美德與毀滅。就像昔日的魯賓遜，他經由怪異的思考路徑，以文化或是某種身分幻想之名，歸納出裸露是種侮辱、是種冒犯。他會重複說道這是他的文化、他的看法，他的見解或是他的信仰，但說穿了他將只是承認他面對裸體的恐懼。不得不辨識出一具身體，即是不得不接納自己也擁有那麼一具；不得不分享、喜歡在愛的狩獵裡被吞噬、承認高潮與失重就像我們身體的兩大定律。這是吻相對於禱告的優勢。倘若阿卜杜拉為了不必承認慾望而否認自己的身體並拒絕女人的身體，那是因為他想要與真主混為一體，成為真主。他遮蔽女人是因為他想遮蔽他無法否認的慾望。所以他將會追獵裸體及其延伸。裸體是他的眼中釘，繁茂如私密的一團毛，是他終將一死的證據。他將之遮蔽，並在其中自我遮蔽。

裸體總是生的。一切爭相簡化它，然而每個生命都因它而激動。在美好年代，文化是裸體的裝飾品。而在一部歷史最悲慘的時刻，裸體則是無形事物裡最滑稽的，因為

它無所不在。裸體戳刺語言，在裡頭尋找它的透明性、它
內在的一面；把依照字母順序排列的辭典和片語打散，搜
索各種暗示並用整雙手加以擰扭。這讓我想起我的世界，
在地中海之「南」，這個所謂「阿拉伯」世界的性：它是
極為顯眼的無形。所有事物的第一百個名字。一切影射的
重量及可能的粗俗字眼。我在一個毫無秩序又嚴守規矩，
一邊禁止一邊昭告天下的世界倖存下來。這是個充滿影射
暗示的偉大王國：認識身體之前，青春期的我在村子與這
個國家其他地方先認識了性。語言與公共場合的調度者、
規定身體如何親近或彼此碰觸的人；指揮著鄰近區域但也
控管眼睛裡的熱情，以及施加在女人與伴侶身上的粗暴力
量。這都充滿了性，而且都必須保持緘默。

　　奇怪的是，在我們那裡，根據一位女性作家朋友的說
法，女人會以精準具體的字眼來談論性，借用婚禮與權力，
布料或洋裝的同義詞，指甲花、紋身、染髮、適合洗浴的
泥土。而在男人這邊，性會被聯想成粗魯下流，不是一個
字而是一個粗俗的字眼；一種暴力、一種支配、一塊肌肉，
而不是一種藝術。性同時被形象化與去形象化。它讓保守
主義者和原教旨主義者歇斯底里。在阿爾及利亞的女子監
獄裡，有時會禁止會面者在籃子裡放入節瓜、香蕉等形狀
像陽具的水果。有個傳道者就是透過譴責女人在大街上吃
甜筒冰淇淋，而在電視上聲名大噪。在電影裡，情侶從不
親吻，而是凝視彼此；他們用難以解釋的跳接來拆解情節，
以持續散步作為吻的指涉並消除緊張感。在城市與鄉村，

警察打擊情侶就像我們打擊叛徒、小偷或是皮膚病一樣。
有些阿爾及利亞畫家的畫布上充滿符號，像是回溯遠古在
身體上刺青：他們的模特兒是歷史（Histoire）；通常，身
體距離作品很遙遠、尚未解放，而畫家都是遭到詛咒或流
亡的人，或是尋根的調查者。在這座城市，在鹽之宅邸的
牆與牆之間，我無法不去思考在我們那裡的身體，這張散
佈著我們感官的軀幹，這個到處被追蹤迫害，成為權力與
綁架、淨身沐浴與逃亡的籌碼。身體是一道陰影，一個弱
點，一種失敗。身體沒有任何專屬祭典：我們等待它的死
亡，讓它的屈服更臻完美。身體是一種負擔，而不是一塊
基石。它那唯一的活力，可以是來自憤怒，但絕不是開朗
健康。

*

　　一個看著畫家的「阿拉伯人」。情色畢卡索是下流、
畸形、無法理解的。這即是何以，在我文化望遠鏡的另一
端，我能夠預先查看，帶著謹慎與成見來接近他，帶著為
了理解而付出的不自在。於是乎，繼續閱讀《魯賓遜漂流
記》也顯得有趣起來，不過，這次是將他想像成我，一動
也不動地，站在西方藝術、他的殖民史、以及終於在這座
美術館找回的他的裸體面前。迪福的小說是描寫這兩個重
要時刻的小說——船難與相遇。而且這位虛構出來的水手
遇到的船難，只不過是為了讓他和黑人的相遇成為開場順

序的條件。魯賓遜幾乎是裸的，只帶著一本聖經和一些工具；而野人，他也裸著，僅僅裹著一條纏腰布並伴隨著一聲恐懼的尖叫。對於那些看過這則寓言的動畫然後才看小說的孩子來說，相遇的時刻是最刺激的。這場壯麗孤獨的中斷，這起熟食的文明與生食的召喚之間意外的對峙。這位英國作家直接進入其情節安排的重點：野蠻之所以顯得更恐怖，是因為我們描述了人吃人的情景，而這種行為是文明的對立。而野人就更可怕了，因為他們甚至連不要吃同類這樣的簡單規則都不遵守。這是種徹底、瘋狂且敗壞的吃人行為，先於人的條件與性別，因為遠遠看過去，野人不是男人，也不是女人。在小說裡，迪福暴露出自己就像一個後來變成殖民主義、實證主義、人吃人之人道主義與幾個世紀後種種意識形態的熱心傳道者。而與野人相遇，且用同樣方式來埋葬他者、非我族類的屍體，也是該隱與亞伯神話 [15] 的一種變版。

　　不過，在所有人的閱讀之外，我喜歡這個時刻在於它是：永恆。它被每個人以成千上萬的形式再次經歷。它帶進了血腥的文化誤解，但是也在恐懼、迷戀、必要性與偶然性、朝著同類靠攏與朝著獲贈的未知擴展裡，再次造訪寓言式的他異性（altérité）。這其中因而產生了最古老的對峙，即獵人或是戀人身體的對峙。米歇爾‧圖尼埃（Michel Tournier），一個我無比欽佩的作家，在他的小說《星期五或太平洋上的薄靈獄》（ *Vendredi ou les limbes du Pacifique* ）裡，精彩地在一個島嶼空間裡重建性的平衡。島重新成為手淫

---

15 根據《創世紀》，該隱與亞伯均為亞當、夏娃之子，該隱種地而亞伯牧羊，一日兄弟倆齊向耶和華獻祭，耶和華只看中亞伯的祭物，該隱後來心生不滿而殺害親兄弟亞伯。古蘭經裡也描述了這個故事，但多了一個情節：該隱殺害亞伯之後不知如何處理屍體，真主便使烏鴉掘地，讓該隱知道怎麼做。而這情節其實源自一則古老的猶太傳說：在該隱徬徨時，真主選了兩隻鳥，使其中一隻殺死另一隻，接著活的那隻鳥以爪挖地來埋葬死鳥；該隱看了之後便挖了墳墓將亞伯埋葬。

與吞吃的封閉場所。即便在我坐在這個美術館大廳過寬的
大桌前，寫著我的筆記時，我仍然想著這個創始文本。我
想像我的處境，我所虛構出來的分身的處境；在一座冰冷
的海灘上，與世隔絕，面對未曾遇過的狀況：一個野蠻畫
家與他的模特兒，在我的世界登陸了。第一次接觸的這類
故事，未曾被世界說盡。

　　「事情就如我預料般發生；因為當潮水往西流，我看
到他們全部都坐上獨木舟且所有人開始划，或像他們說的
開始蕩槳。我應該要注意到，他們在準備離開的約莫一個
小時之前就跳起舞來，透過望遠鏡我可以看到他們的手勢
動作與姿態。在仔細觀察之下，我發現他們全都裸著身體，
一絲不掛；但這些是男人或女人？根本不可能辨識出來。」

　　我樂於用這種焦點翻轉來重讀這個段落。彷彿我在翻
閱一張展覽摺頁。回到造成驚嚇的裸體與舞蹈的這段參照，
性與族類這種聲明式的混淆。在此，這個我捏造出來的可
能人物，被關在巴黎市中心的畢卡索美術館，他眼裡所看
到的，不就是全部的西方嗎？瑪麗－德蕾莎變成接近這個
週期終點時汙穢的食物；她不是靜物而是被嚙咬侵蝕的物。
魯賓遜，在巴黎第三區、塔利尼街的參訪者，一邊挪用迪
福的小說一邊繼續說著：「尤其是當我下到岸邊，看到他
們駭人盛宴後的痕跡，血、骨頭，以及他們興高采烈，大
口啃食過的人肉屍塊，對我來說真是恐怖的景象。這畫面
讓我憤慨不已，讓我開始思考下次要血洗讓我遇到的第一
批野人，不管他們是何方神聖，也不管他們有多少人。」

屠殺的念頭不是我的，但可以是我的分身的。他夢想重建
秩序，消除那些對他的真主的侮辱，正確地說就是摧毀這
些畫作，全部，好修補失去的純潔。他會說西方是吃人者，
光著身子走來走去，在海灘上跳舞，吞吃掉一切、所有人，
甚至是自己人，西方藝術就是其殘暴行為的證明。

　　忽然我想起 Facebook 上某個不認識的阿爾及利亞人這
迷人的句子：「西方？我喜歡它也為它著迷。但是它餓了
的時候會讓我非常害怕。」這是關於吞吃之不期然的隱喻，
地理版圖的一種暴食化形式。我繼續，因為我相信自己的
方向是對的。我依然想像著我的「阿拉伯」版魯賓遜，人
在征途，背負打擊西方的使命，在巨大城市裡到處尋找，
然後在許多美術館裡找到它，在這個美術館，這座重新創
造神所創造、認證過之事物的畫家的殿堂。我想像從別處、
從我的國家、他們的國家、出生在其他地方或西方的聖戰
主義者，他們面對畢卡索這些吃身體的人、宣告高潮與飽
足的人，意即面對這個假先知所改造之裸露的西方時，所
感受到的侮辱。我重新閱讀，被這本天真又自負的小說另
一個段落所吸引，一邊想像這是星期五／阿卜杜拉在講述
他對裸體與歐洲、藝術與情色的想法、殖民以及我們透過
這種暴力灌輸在他身上的記憶：「這些考量促使我思索這
些野人的天性，並研究在這個世界上，所有事物之明智的
分派者，怎麼會將祂的某些創造遺棄在這樣泯滅人性的狀
態裡，甚至比野蠻更甚，致使他們彼此吞吃。然而由於這

終究不過是徒勞的推測，我開始尋找這些不幸的生靈在世
界何處；他們前來的海岸距離這裡有多遠；為什麼他們冒
險來到這麼遠的地方；他們擁有什麼樣的船，而何以我不
能設法規劃，像他們來到這邊一樣過去他們那邊。」我持
續對這份舊文本進行有趣且迂迴的重讀。但在這文本裡，
我發現的難道不正是一幅畢卡索的畫：描繪於十八世紀，
遠遠早於這位天才畫家的誕生，裡頭有著精準到位的細節，
刻畫了之於我而言始終相近的吞吃與情色兩者的交纏。這
部小說裡的敘事者，帶著一位二十世紀畫家的威能，回到
食人族所在之處並描述他們的人肉饗宴，或是他們吃剩的
殘餘。「整個地方滿是人的骨頭，地面血跡斑斑；到處散
落著肉塊，吃一半的、撕裂橫咬的、燒焦的，簡單地說就
是所有他們戰勝敵人後之慶功宴的痕跡。我看到三塊頭骨、
五隻手、三或四隻大腿骨、腳骨以及一堆其他人體殘骸。」
這幾乎就是，比如《海邊的人物》（*Figures au bord de la mer*）
這幅畫。或是那幅《黃色腰帶》（*La ceinture jaune*），從陰
阜或她的睡夢或一場對陰部無止盡的吸舔所望去的，仰角
的瑪麗 - 德蕾莎。

這種人吃人、不安且倉促的混亂，猛烈衝擊著畢卡索
其他系列作，比如那些為彈曼陀林的女子所畫的習作。或
是我等一下要回過頭來談的，我認為是某種激烈執念的十
字架受難系列。所以我的分身在夢著什麼？經由火來洗滌
罪過、合情合理且必要的破壞；夢著沙子，好將之全部帶

回給神。我們也可以透過空虛與大量毀滅來轉換，比如異端裁判與他們的恐怖傳說正是這麼做的。在迪福的小說裡，受過聖經教化與使用工具的文明人嚴格看待人肉這樣的禁忌；對他來說，這是絕對的界線。根據最簡單的文明史，有三或四條規則在歷經了兩三千年才被正視：不能任由人吃人（該隱與亞伯）、不能任由人作為犧牲獻給神（亞伯拉罕與他的兒子以撒）、不能殺人（耶穌與他的殉道）、不能未伸出援手即棄人於不顧（傳教士的形象，或是教化者的？）。在某些時候，畢卡索將女人畫成一堆骸骨，或是勉強互相連接起來的膝蓋骨與球體；一場不被允許、私密、不法饗宴的殘餘。坐在我的桌前，喝著管理員給我的咖啡，我於是思考藉由這幅畫重新閱讀這本古老的小說。「我指揮星期五把這些頭蓋骨、骨頭、這些肉塊還有剩下的那些聚集起來，堆成一堆，然後在上面點起大火把它們燒成灰燼。我注意到星期五對人肉還有強烈慾望，他還帶著食人族的天性；但是我對他說明這樣的念頭、對吃人有那麼一丁點食慾是有多麼可怕，讓他不敢表露出來：因為我讓他清楚地知道，要是他敢去吃人肉我會殺了他。」這是在這座美術館，在看著這位西班牙畫家的作品及他的情色之年的時候，一個我們可以持續一讀再讀的段落。

　　「我會殺了他。」為了阻止繪畫、圖像、與上帝造物競爭的形式，我的分身也會去殺。我深陷在「聖體領食」[16]究竟能象徵什麼、以及這是否具有意義的思考裡。阿卜杜拉，他也將會為了拯救他的神的身體並阻止公然的侮辱而

16　「聖體領食」（théophagie）指的是象徵性吃掉我們所景仰的神。

殺。在他的儀式裡，沒有被轉換的那些都不是人，而不是
人的都屬於野蠻。挾持人質的恐怖份子，社會新聞與聖戰
主義文學如此命名的孤獨之狼，激進者是個載體，承載著
某種憤怒、某種撼動著他周圍世界的非現實、某種他想以
信仰來對抗的荒謬、某種他想要轉換為史詩的私密犯罪。
有個瞬間我想像我的分身犯下了偷畫的罪行，一幅被偷的
畫將被燒毀且錄下過程，在 YouTube 上慢慢被摧毀。

石頭般的停頓

每一次，我們都說：「畢卡索曾是……」（« Picasso était… »）這幾年來，我再也無法接受人們的死亡。畢卡索是（Picasso EST）。我可以透過審視他的畫作看見他，而且包括畫中顏料的痕跡、創造出肌肉與情緒的粗獷筆觸，四散在繪畫與雕塑裡的，他的身體。為什麼我們說這個男人死了然而他恰恰成功地將自己保存下來？他狡猾地把自己身體各種細微變化存放在作品裡。透過不斷細心輕巧地自我轉移以逃開空洞的盤點。為什麼要在他成功全部轉換為現在式時，用過去式來談論他？這令我煩躁。

在大廳，這種靜默是那些隱藏且受到監視的畫作的聲響。極遠處傳來的機器轟隆聲（空調或攝影機、或在警衛室裡的，監視系統）。西方保有他們的寶藏、洞穴的壁畫、意義的征服及其年代的各種準則。美術館，在這片地理版圖裡，不是一件紀念品，它同時是這場對抗時間及其危機的戰爭中的戰利品。我猛然想起上一次世界大戰期間，那些拯救此一藝術各種痕跡的行為仍是許多電影與紀錄片持續傳頌的史詩。那些「收藏」都是一種勝利、一種維護的表現，而且突然成為西方自詡是全球策展人的道德價值。收藏即是拯救、保存。在這個情況下，整座美術館面對的

是一種預設的、曖昧不明的野蠻行為。

如果人們收藏，那是因為世界其他地方被摧毀。

我自忖我的分身阿卜杜拉在這個地方無法移動他的影子。他那關於純潔的夢是個無法實現的夢，他的攻擊是不可想像的，他只會去幻想這件事而已。他的藝術成為一種內在隱密的恨意，就此刻而言。

天空是一塊不再墜落的石頭

在鹽之宅邸，我老是有種身在教堂的感受，揮之不去。而且，對我來說所有這些國家都是教堂的變形，出自同一座神殿的變種；在他們建築的勝利、他們的膽量，細節與影像的意義裡。這是被馴化的石頭，他們強迫它作為身體的鏡子。在我的文化裡，石頭被要求作為天空的鏡子：麥加的聖黑石、打磨過的石頭，鵝卵石、堅硬的石頭。而每一次到這些國家某個「神聖的」場所裡，我便發現自己面對的都是雕像。這座美術館也不例外，它有著綿延的牆，從天花板俯身的人像，讓我想起在里昂一次難忘的經驗：去年夏天，在兩次公開活動之間的週間某天，我去了富維耶教堂（l'église de Fourvière），在裡面溜達閒逛。此刻在美術館大廳，就像在那裡一樣，我又看到伴隨著結實矮胖的小天使的漩渦飾，這些笨重卻屬於天堂的身軀，被凍結在石頭某種不可能的無重狀態裡漂浮著。許多臉孔，頸背生出翅膀，許多天使睜大眼睛望向蒼穹；跪拜的人群，赤裸裸地在痛苦或懺悔裡；鍍金、孔雀藍。當我抬起頭，那天空，怪異地過度充塞著與我不同文化的人，稠密如一座身體與手的森林，滿載，你推我擠。我們會說那像是某處的入口，也許是一個車站，一個轉乘與集合的地方。色彩鮮艷，對

於我那習慣空無的眼睛而言過於暴力，而且這很怪異。怪
異的是，對比天上的人群，我們必須低下頭且看著教堂地
面上那些幾乎空蕩蕩的長椅。就那麼幾根蠟燭，幾個女人，
幾個坐著的男人，動也不動，沉默，望向拱頂、基座——
我不知道這個東西叫什麼，因為它不存在於我拋諸腦後的
宗教裡。這裡的宗教是膝蓋的；我的則屬於額頭，有的朝
聖者會這樣說。拱頂飾樣繁複令人暈眩，密密麻麻且超載，
像是某種只有一片玻璃，只有一扇巨窗的摩天大樓——相
較於天花板如此挑高的蒼穹，大地奇異地荒涼。我只要低
頭望向地面，冷不防的，世界就荒無人煙。在我的界域，
只有無所事事的人、死氣沉沉的星辰與臉孔，但是也許有
的人仍保有他們的信仰或絕望。我們說這是一種翻轉：天
上有著人群，畫在這豐富巨大的天花板上；底下則只有陷
落，老去的星辰與跪拜，歲月與等待的星座，一邊交頭接
耳一邊拍照緩慢移動的觀光客。如常運行與好奇心不慍不
火的黃道十二宮。在里昂的富維耶教堂，石頭是升騰：它
從肉身到靈魂，從重力到從前的乙太 [17]。有點像是某種超
脫肉身，它強調其輕盈並成為一種想像，隨即繼續上升而
獻出自己，作為這個古老宗教無聲的場面調度。

　　至於我，我出身另一類。

　　那裡，在我的宇宙裡，蒼穹是空的，清真寺朝著裸露
的峰頂攀升。它指出一個沒有底部亦無影像的地方。那是

---

17 乙太（éther），由古希臘哲學家亞里斯多德假想出來的物質，被形容為一種充滿在大氣層
　　之外的空間，輕盈透明、難以捉摸的流體。

朝著沙漠方向的指引。那裡，大地充滿裝飾、掛毯帷幔，但奇異地洗練、掏空。時間擁有沙漠作為它的肖像：它想成為沙漠的倒影、重複、前身。清真寺是禁止任何影像的。只有書法勉強獲准貼近身體然而永遠不能刻畫其細節。天堂，一片空無，但這個空無是一面鏡子。美學是沙漠的，它的曲線、沙丘、空無一物。真主在此是無形的，我們於是歸納出描繪真主、畫出其肖像最好的方式，便是強調空缺。除了真主沒有真主而空即是祂的形象、祂的倒影。因此天空深不見底而大地更加荒涼。這個宗教崇拜的星體因而是月亮，如鱗般閃耀，清冷而纖細。在原本是星星、雲遊的占星家與天使的宗教所在之處，唯一的蠟燭即是叫拜樓上的那一只。

　　我又在富維耶教堂裡繞了一下。看著那些對著浮雕、有翼的獅子、廣場階梯拍照的觀光客。這個地方對我這閒逛的人來說是種奇觀。我在那裡摸到另一種信仰的石頭，它的殘缺，但我也看著觀光客。我想像出一則可怕的寓言：在寓言裡，每架照相機，每一次拍照、閃光燈、自拍，都帶走一小塊世界：一顆小石子、一幅畫、長椅一角或是一片絞扭的鐵絲網。一點一滴。像是食人魚撕咬的痕跡。於是乎這就是世界末日：一種蜂擁的吞食、去骨行為。數位使得這種視覺性的吃人行為變得普遍，它創造了一種宗教，而或許 Instagram 是吹奏最終號角的天使。真有趣。然而這也是一種可能性：世界並非表演本身而是布景。某一種彼

世變成了螢幕桌布。一座古老教堂之於一個現代觀光客而言是什麼？一塊從天上掉下來的石頭，讓他靠在上面微笑。我則介於兩者之間。

在我們那裡，最為神聖的清真寺，必須擁有一種露營地的特質，一頂帳篷。此外，依照儀式，為了進行伊斯蘭的五次禱告，我可以用水清洗自己（流動的、無臭無味，宗教專家具體指出），不過——而且這極具意義——我們也可以不用水，而是重複淨禮的動作，只用沙子、碰觸一顆石頭，拿這些最為古老的元素進行土淨。

在我們生病、虛弱或比如旅行時，為了禱告而用水的替代物來淨身是被允許的。這表示是沙子在「清洗」，所以它純淨無瑕。沙是完美的空無，神的鏡子，人間對天堂的擬仿。這隱喻源自於清潔的習慣，但它亦限制了世界的美學觀：沙子清洗並消滅，它既純粹又致死。對那些一神論而言，沙是古老時間的肖像，是我們回歸天啟源頭的象徵。在我們那裡，等著修復、靠近真主與真主話語的遠古時間，被想像成一座有著棕櫚樹與沙的沙漠。想起我的村子那些被砍光的樹，以及最近這幾年，在阿爾及利亞算是到處可見的民族主義式歇斯底里：我們將桉樹、松樹、柏樹連根拔起，改種棕櫚樹，因為這是根源與夢幻身分之樹，而柏樹或是葡萄則是殖民、他者的象徵。為什麼提到關於沙的話語？因為它正好相對於這座美術館的天花板，以及

我參觀過的教堂穹頂。我要說的是，在我的出身裡，阿卜杜拉或我的一切審美觀，是與繁複多樣對立的，是繁衍生根的反義。無形並不呼應有形。前者不是後者的延續、終點，而是它絕對的對立。這滋養了一種自我封閉的幻想，針對古老、*salaf*（salafiste 這個字就是由它而來，意即根源、古老、先知的時代[18]），或身分認同。然而這在我們亮出武器、權力或是領土時會有直接影響。原本幻想的秩序，成為一個夢想出來的王國的秩序，並以鮮血和民兵部隊強加在比如敘利亞、伊拉克或是薩赫勒地區。這種純潔成為一場戰爭，一場反十字軍東征。

　　始於追尋，純潔變成征服然後是異端裁判與屠殺。

---

18 Salaf 音譯為「薩拉菲」，即「先人」或「先驅」，指的是穆罕默德及其再傳弟子、三傳弟子這三個世代。而後面提及的「薩拉菲主義」（salafisme）則是依循語源學原則造的字，為嚴格遵守宗教戒律、祖先遺訓的一支伊斯蘭教派。

博物館與墳墓的對立面

　　每次我在西方旅行時，就必須面對一個事實。在這裡、這些地方，歷史是我們可以碰觸的「符號」、物件、畫作、石頭雕像、藏品與壯麗的堆積，檔案和清單目錄。而我只消回到我的國家就會想起，在我這裡、「我們」這裡，緊鄰地中海之南的地方，歷史是種崇拜，但它的祭壇是空的，像一段什麼也沒有的時間。我出生在這些崇拜歷史的人群中，但它卻是個被掏空、脫離現實、幻夢的歷史。它並沒有隨著博物館與典藏而延續，它依賴的是一邊逆向溯源一邊製造真理的故事。那是依賴、躲避、撤退的歷史，沒有朝著世界開展。於是，就跟某些人一樣，我自問：在我這裡，在這個充滿自己與其他同胞的虛假記憶的世界，博物館是什麼？在所謂「阿拉伯」國家裡，博物館是可能的嗎？

　　我會提出這個根本問題，是因為好多年來，我思考著我們領土上，博物館這種機構的存在之不可能性，或它何以被當作某種異端。我們與現實和記憶的關係受到特定集體虛構的限制，一個從不容許「收藏」與藝術，或古老痕跡將在這自我獨白中造成諸多缺口的虛構故事。瓦赫蘭或別處的博物館的記憶，令人唏噓，它們隨著蒙上一層灰

的櫥窗變成倉庫，遁居到關於自己那幻想故事的背景裡。博物館被去殖民化的聖徒傳說與身分認同虛構所綁架，而宗教的勝利更加深其限制。就算不說，從真主透過聖書所傳達的訊息看來，博物館是個「無用的」場所。真主什麼都說了，博物館沒什麼好補充的。時間一分為二：天啟之前和天啟之後。被賦予的生命，是一腳跨過就算了的幻象，無神論部族歷經上天的懲罰之後，只能用廢墟形態將他們的遺跡保留下來。至於虔誠子民能有的目標只有末世審判，時間的終結，天堂或是地獄。收藏，是用瞬息無常的重量來「自尋煩惱」。

　　而且，搶救沙漠、沙裡的痕跡又有何用？可曾有人看過沙漠行旅的路線成為聖物？這裡，在我的分身的腦袋裡，一切都保留給太陽與月亮的節奏。什麼也沒留存下來：古蘭經本身，當我們翻譯古蘭經這個詞時，我們說它是獨奏會、祈禱書、原始口述，而不是紙本書或是羊皮書。我們心裡必須懷著這種無常的想法，它讓我們能更理解帕邁拉或是廷巴克圖遭受到的可怕毀滅。

　　博物館是一種西方的發明，不是東方的。它有點像是神話、傳說的對立面。它同時也自相矛盾，因為生命不是用來征服時間，而是在時間裡耐心等待，像是經歷一場考驗。生命（*Eddounia*，意即「生命」，俗世、低下、降級、生自一場墮落，等等）只是刻板印象的一個句子、一個片

刻、一次暫歇、一次露宿。它亦是能夠好好回應苦行禁慾與哲學所建立起之無常形而上的片刻。博物館在此變成一種時間的喪失，而不是時間的勝利！那些救世主文化擁有的是預言博物館，不要任何遺跡；是飽含世界末日預兆徵象的博物館，不要多重起源帶來的困擾。

博物館是一種西方的發明，皇帝或是位高權重者私人收藏的大眾化。

而天堂無法容忍這些博物館，那是人間的習慣。

在我的地理版圖，這些地方都透露出不該有的訊息：天啟之前，可能有另一種時間存在。當您參觀一個展覽，一份館藏時，您掌握您所相信的；而我們暗示您去相信的那些，它並不是絕對的，它只是關於古老時代無數傳說中的一則而已。您明白歷史並非善惡二元論，而是豐富、多元、具滲透性且如同那些樹根圖像般複雜。一座閃閃發光又幽暗的迷宮。我於是想起第一次（唯一一次），有人帶我們這些村裡的學童到瓦赫蘭這個大城參觀博物館的時候。就跟所有同行的人一樣，我只記得一個畫面：牆面馬賽克拼貼的女人裸露的胸部！博物館裡面不怎麼吸引人，到處都是灰塵，對小孩來說太難理解。整個陳列與我們所學的背道而馳。因為他們教導我們的是：這個國家乃誕生於一場目前仍在世的英雄所發起的戰爭，而我們應當追隨

並予以喝采，而在獨立戰爭之前，所謂的過去是聖書所記載的一種天啟，裡面展現出神的憤怒及祂的情緒。我們離開博物館時有短暫的混亂不安，之後又重新埋入那個時代的民族故事所提供的安逸幸福裡。自此以後，我守著歷史背後某段呢喃的記憶，一條圍繞著課本觀點外圍的小徑，一種可能的離題，一場叛逆的旅行。針對博物館的責難使得阿爾及利亞大量遺產遭到詛咒：提姆加德（Timgad），也就是圖拉真皇帝打造之獨一無二的城市始終被傲慢所忽略。提帕薩（Tipaza）的羅馬遺跡，不像獨立戰爭以及清真寺的烈士石碑石柱，不屬於這種極權用以滋養其言論和掌聲的遺產的一部份。羅馬的斷垣殘壁既不屬於去殖民化的歷史，亦不屬於宗教認同的聖徒傳記。它們被嚴重忽略，它們沒有被當作寶貴資源及我們根源之多元性的證據，而被當作是可摧毀、一文不值的老舊建築，我們可在其周圍建造遷村的新社區或改建成垃圾場。

這樣的否認是有其意義的：博物館讓絕對性陷入爭議同時把激進信仰相對化。博物館是法老的、亞述的、柏柏爾的，它是我們想要抹去以便宣稱自己是祖先或不朽的那些東西的頑強抵抗，是一本聖書與一場武裝革命的對立。是時間的身體遭到謀殺的證據，是它的日曆。原來，在宣戰或是天啟之前曾存在著什麼。而這種先行存在已然被宗教或民族敘事所排斥、驅逐。遠古時間在聖書裡都帶有一種奇異的平庸，它們皆含糊不清、貧乏、簡化為懲罰式與

神話性的插曲，被當作社會新聞或越獄！古老的歷史，在
神旨（Message）浮現之前，是一場漫長、針對部族反叛行
為的懲罰教訓、大災難，一篇憤怒天神與反骨人類的連載。
每次我讀一本聖書，便歸納出所謂「之前」不是一處處我
能造訪的廢墟（ruine），而是必須透過禱告與服從來避開
的崩毀（Ruine）。這是我們拿來講述的一則教訓，而不是
我們秉持好奇心而去造訪的一種差異。

　　這是因為　神論除了小心抹除眾多神祇之外，也抹除
人類、論壇廣場、古老雕像，還有打亂階級的偶像。之前？
只存在著上帝而祂無所不在。這是《一九八四》裡的一個
獨裁政權，不過其章節要以千年計：新的主宰刪除並重閱
檔案、神話、姓名、過去的電影、照片。所有聖書皆是一
種暴力的修正主義，對記憶的肅清，對起源的襲擊。博物
館從定義上就是他們眼中的異議分子，它們是保存消音版
本的場所；我們將永恆託付其中，我們希望如此，託付給
其他東西更勝於自己或是自己的神。這於是造成干擾。我
不時有種殘酷的直覺，即博物館都是眾神被某個新崛起的
神所殺害的空間，而眾神在其墳墓或記憶的混亂中重返地
表。不過何以我要在這邊面對面說著？因為時間的緣故。
之於一神論者，過去不是我們起源的深奧之謎，不是對我
們誕生的痕跡無止盡的收藏，而是天啟終結的一個主題。
博物館是置放聖物、先知的頭髮、耶穌的裹屍布、聖書的
第一份複本等等的場所。它是創世神話的合併與強化。在

冰冷、作為畢卡索在巴黎的美術館的鹽之宅邸，我從我的
螢幕前抬起頭，感受著如此遲鈍無動於衷的石頭，我轉頭
望向大廳入口的小雕像，這隻在散步時被捕捉下來的公雞，
我將視線上移到中央的樓梯，然後回到我的窘境。並不是
因為我原本期待在飯店[19]住一晚，而是在我童年記憶裡，
沒有浮現任何可供參照的博物館。在阿爾及利亞，國家歷
史故事開始於法國的侵略，開始於上個世紀中期的獨立戰
爭。在這個時間點之前，則交給真主，還有祂的書，以及
那些在希賈茲（Hedjaz）阿拉伯半島諸多天啟的歷史。柏柏
爾人的出身未獲得充分認同，阿拉伯人的種種則被闡述為
神聖的起源，完整且無庸置疑。沒有任何羅馬人、西班牙
人、汪達爾人（Vandales）、奧圖曼人或是猶太人的遺跡，
這種令人受傷或快樂，且或許能安慰我們，使我們從封閉
中被治癒的多元性。

　　我為此感到遺憾。但我也承認一個不爭的事實：博物
館亦是展現出既貪婪、掠奪壟斷且被西方同化，這種奇怪
的他異性的場所。它展現的是戰勝的時間、戰勝的文明、
馴化了黑暗與秘密的影像、（在自己與他者之間）消去的
距離、被征服且馴服的替代起源。是人類權力所在，將元
素與年代製成標本，將死亡自身填塞其中。時間的遺跡與
聖骨爭論著誰是主角，誰是永恆的象徵。因而這種延展到
過去的主權，碰觸的不只是遺跡而是影像、再現的權利。

19　畢卡索美術館的前身是 Hôtel Salé（音譯是薩雷公館），而「飯店」的法文也是 hôtel。

博物館是緩解的慾望。然亦是騷動的記憶。

種族滅絕

　　2015 年，流傳著一些影片，拍攝的是一些令人無言的畫面：帕邁拉城，它的墓穴、石獅和塔狀墳墓正遭到轟炸，一點一滴被摧毀。此地後來成為上演駭人行刑的場所。這種被稱之為文化滅絕的行為，也發生在其他遺址比如伊拉克的尼姆魯德（Nimroud）與哈特拉（Hatra）。影片其中一個片段，是在摩蘇爾（Mossoul）博物館，聖戰分子在陰森的禮拜儀式吟唱下用槌子破壞大批雕像。他們如法炮製了穆斯塔法・阿卡德（Mustapha El Akkad）《上帝的使者》（Le Message）——唯一一部伊斯蘭先知傳記電影中的一幕。這部電影標記出種種虛構想像，且成為古老的、沐浴神恩，即天啟時代神話的來源基礎。導演則在 2005 年 11 月被從這部電影、其鏡頭片段，其開創某種聖戰態度之先河的劇本裡得到滋養的聖戰分子所殺害。在摩蘇爾博物館，在那些電鑽之下被激昂重演，把前伊斯蘭偉大的偶像推到地上的，就是在無神論者眾目睽睽下的「解放麥加」這個場景。我總是對這部電影與聖戰想像之間的關係有所疑問。我屬於 70 年這個世代，被頌讚中世紀穆斯林神學家生活、十九世紀在埃及納赫達一帶的傳教士，以及「穆斯林征服」史詩的埃及連續劇所餵養。我的世代即是後來首批以先知那

些門徒的名字來作為穆斯林王公貴族化名的世代，佈道借用 Errissala[20] 裡的聲調和語言模式，尤其借自電影。這種美學將烙印在語言、激進分子的語言皺褶，他們的世界觀與文化觀，他們對古老時代之修復的幻想，乃至他們與雕塑、身體、藝術和再現的關係裡。在我的分身目光所及之處，他將會幻想重現零度的時刻，開始的瞬間。在他眼裡他的角色將以一種怪誕的都市奇幻文學（Bit-lit）形式重新組合，有著一座沙漠、一份使命、一種洗滌、一把劍和沙。這個神話，這則動物預言集在我看來並未被充分分析，而是被黃金時代的言論、恐怖主義或直接的論戰意識形態所掩蓋。

在帕邁拉，他們抹除的不只是一個文明、一份遺產，而是一種差異的痕跡：當我們想回到從前，我們抹除時間流淌的痕跡。夢原本是沙漠，所以是那些使它發狂、將之驅逐、擊垮的毀滅。但這些廢墟在其本質裡，透過其殘存延續，也可以是另一種事物：瘋狂是短暫的。無形宛如唯一支配的聲明，總是矛盾地，被一座古老神殿推翻。因為這座古老神殿本身曾試圖抹去時間，然它成為時間的痕跡與見證。「我是變老了的時間」，我尊敬從印度來的這句詩。

因此，面對清真寺，我們明白何以博物館被當作一個細節來處裡。而當清真寺隨著歷史之流成為博物館，人們會將之摧毀，因為它已然墮落成為人類與時間的體現，而

---

20 Errissala，指的是上帝的訊息，也是前述的《上帝的使者》的阿拉伯文片名。

不是真主與永恆的場所。瓦哈比教派（wahhabisme）的教義不是一種近代的毛病，而是在最後這個一神論[21]的歷史裡某種反覆的發燒。這種彷彿是要從最初的時刻來重拾歷史，瘋狂且嗜殺成性、想摧毀一切的慾望，是一種精神疾病，一種墮落。

「您見過戴著手錶的聖人嗎？」根據其使徒，畢卡索是如此反問的。這種說法極為高明。這是對一種不可能的畫面的質疑：聖人幻想著永恆，而手錶是時間的符號。兩者的天命不同，與時間的關係亦不同。聖人在此是為了摧毀手錶、鐘、人類的節奏、週期循環、人類的產物、機器、博物館、藝術、符號、手藝。他想從手錶中逃脫。有些人做到了；其他的，因為屈服於他們本能，他們的脆弱或人性，轉身對抗手錶。他們破壞它以便高聲呼喊天啟的勝利！

在此指的即是伊斯蘭，相對於天主教、猶太教之後最後一個一神論。

沙漠，躺在陽光下的裸體

　　所有激進主義皆有它的藝術。粗糙、媚俗，但他們會接受，即使落入畸形或為了其宣傳的需要。因此我長久以來便想寫一篇關於聖戰分子美學的短篇論述，討論源自其根本意涵之概念的純潔觀點、他們反藝術的論據。帕邁拉的破壞，讓我們想起阿富汗大佛遭到的破壞，繼而發現令人恐懼的是，這場戰爭針對的不只是活生生的人，還包括所有得以留存的痕跡。他們攻擊了人及其創造物、那些赤手空拳製造出來的永恆。於是，在大眾傳媒與資訊鎮日不間斷傳輸的時代，我們面對的是一場荒謬難以想像的火刑計畫：摧毀一切，炸掉遺跡、古老文明廢墟、書籍、知識、所有藝術。火刑的場面未曾如此駭人，因為它就這樣以某個宗教、某本書或某場為了控制資源的戰爭為名，實況轉播，躍現在我們眼前。他們不只搗毀戰敗者或掠奪者的畫作，不只霸佔博物館，更刪除一切。聖戰主義是沙漠延伸的場域。以何者之名？早先那些答案仍無法解釋這些行為本身帶來的不可置信感。我們沒有理解這種將一切化為虛無烏有的想望及其目的。這個殺手是誰？他不只為了支配而是為了除掉歷史的根源而殺，將錯誤推卸給時間、給角度和建築、給頁面白邊和書還有陵墓的發明。

　　然而答案就在這裡，也許一直以來正是如此。因為一旦我們抱持著種族、地理或時間之純粹這種想法，就只能把暴力與掃蕩當作達到目的的手段。我們會想到用火爐或是種族隔離來純化一個種族、民族，但也會想到用推土機、轟炸機來淨化歷史。

　　在內心深處，聖戰分子夢想回到之前的時光，他的創傷與他的墜落、他的屈辱之前的時光。就他的觀點而言，必須回歸古代，榮光強盛時代。這是關於復興的一種救世主降臨說（messianisme），而所有復興必須透過摧毀其對立面來產生。古代，薩拉菲生活的那個有著先知、大一統、尚未在大寫歷史中崩解，且沒有諸多難以承受的失敗出現之前的時代。這種思考的出發點是個難堪的結論：我們失敗是因為遠離了真主，因為我們不服從，因為我們離開了救贖的唯一道路。所有宗教狂熱的陳腔濫調。於是，為了找回力量，必須回歸黃金時代。昔日的復興在我所屬的地理版圖上是種意識形態的、內在的執念。整體時間是逝去的時間。那些好的、強大的，公正的，勝利的並非現在來臨而是曾經存在的那些。復興主義（Baathisme），此一泛阿拉伯主義運動，是重生；納赫達（Nahda）將被譯為如同一種「文藝復興」，而薩拉菲主義（salafisme）是「回歸先人典範」之語源學上的說法。在聖書裡，祈禱是記憶、追思、回想；經文是古代的故事，傳播即熟記。聖書不是一本書而是一份摘要，用來幫助那些背得滾瓜爛熟，嫻熟

<u>到自己成為一份活記憶的人</u>。此外，根據宗教教義，熟記聖書的人在地獄不會遭到火刑，而藉由這樣的轉換，文集（corpus）於是拯救了肉身（corps）。當我們讀古蘭經時，即是經由「複習」、「記憶」、「回想」的指令來通透文本。隨著歷史長流，這種順序也逐漸偏離，在各種形式下任由專家爬梳，彷彿一張所謂「阿拉伯」世界之政治與宗教大事紀年表。

　　然而此一回歸的幻想，隨著期望上的差異漸次變化著：那些「主權派」（souverainistes）與飽學之士希望回歸阿拔斯王朝的黃金時代，回歸帝國的勝利，即伊斯蘭被視為世界中心的年代，這是一個國家強權之夢。薩拉菲派推動回歸征服時代，回歸帝國軍事的誕生，彷彿是為了修復諸多殖民的恥辱，並拋棄被視為屈服於西方之象徵的現代性創傷。他們嚮往伊斯蘭初始的先賢、征戰時代、史詩式行動，以及那些更貼近武裝聖徒而非神秘信仰聖徒的戰爭統領。輪到極端激進分子時，他們則幻想著先知的年代、光輝的麥地那，先知流放之城，神權政治式烏托邦主義的典範。我們於是明白，何以在那計算過的瘋狂裡，伊斯蘭國的哈里發化名為阿布‧巴克爾‧巴格達迪（Abu Bakr al Baghdadi）來向世界宣告；他以先知門徒——七世紀前三分之一的第一任哈里發阿布‧巴克爾（Abu Bakr）為名，此人所處的年代是菲特納（Fitna）——第一次穆斯林宗派內戰之前，也就是人類史上第一個烏托邦轉變之前的年代；最

接近伊斯蘭的起源與基礎。但是新哈里發的統領還在名字裡加上巴格達迪（Al Baghdadi），意指巴格達的孩子。「巴格達迪」這種脈絡上的關聯性將用來復甦黃金時代的記憶，世界的首都巴格達，至高無上、強大的伊拉克。摧毀時間，並予以回溯、抑制，變成為一個政治的、宇宙宗教的、廣大、豐足且具破壞性的計畫。這個衝動將擁有它的軍隊、理論家、神學家與敢死隊；但也有它的美學。

　　空無的美學，對阿卜杜拉來說，將從這信仰崇拜的零時生出，是時甫從天上傳來的神的話語仍迴響著，其詮釋仍被保存著，就在穆斯林分裂與內戰——這場發生在第四任哈里發阿里·伊本·阿比·塔利卜（Ali ibn Abi Talib）與七世紀伍麥亞王朝建立者之間的著名內戰之前。根據史學家的說法，我們將看到什葉派與最早的分歧宗派在這個時期產生，是為神聖一統的終結。Fitna 這個字從此意味著、且將永遠意味著，不一致、衝突、異議，更表示在時間、歷史裡的崩壞。為了恢復天啟時刻，必須回溯到「之前」；而為此必須消滅時間，也就是消滅其痕跡：詮釋、帕邁拉、藝術品、阿拉伯式紋樣、現代性工具、電視、足球、體育場、歌曲、墳墓——甚至是聖人的亦然，還有陵墓……；必須回到那個唯一真神的王國與唯一先知的時期。我們修復一座沙漠，一場空無。

　　為了進一步理解，必須再次回到魯賓遜這則神話。想

像一場船難，我的分身遇上的船難，發生在一座他夢想要恢復真神王國卻碰上了前人佔領所留下的痕跡、遺址、廢墟和恐怖面具的島上。那麼將要崩潰的即是這整個魯賓遜式的故事、他教育的虛榮心、他的神話：世界不是嶄新的，無法從中再度展開一段嶄新的歷史！與星期五的相遇將是一場船難者與他者、或溺水者與擁有者的相遇；接續而來的會是一場對話、參訪邀請或是意義與地理的分享。為了活出他的烏托邦，魯賓遜於是必須將這座島夷平，清除在他到來之前的先人遺跡。星期五必須出現在空無一物、毫無任何痕跡的海灘上；他只能在一個一切都被摧毀的地理版圖上獲救。

　　所有天啟，在我們一神論的文化裡，都是一種經由沙漠的傳染——將波赫士的說法擴大解釋的話。

　　藝術是時間流逝、人類改良了材料與墨水、建築、詮釋的證據。它變成一種不潔的證據。聖徒殺手把恢復永恆與摧毀錶和鐘視為他的任務。而在這畸形的純化衝動裡，藝術被當作最初且具體的異端，歧途與真主之道確切的距離。之於憂心忡忡的信徒，在這個嚴格服從的宇宙，藝術是不可饒恕的娛樂消遣。藝術是魔鬼的呢喃、誘惑、放蕩的性近乎毫不遮掩的遊行。因為藝術導致情色、性、不潔、夜裡的交纏、反對獨一性的增生。它是繁複的阿拉伯紋樣、波動、舞蹈、音樂，它是臀、腿、曲線、乳房、起伏、瘤，純潔的、清澈的、想望的天堂的瓦解，裸露、慾望無聲的

再現。在聖戰分子的畸形美學裡，大地必須作為蒼穹的肖像，而最完美的呈現方式即是成為一座沙漠。沙因而是聖戰分子的藝術，他自身封閉的性慾，讓他倚靠的輪廓，充盈了他、使他脫離肉身的空無。沙漠必須透過夷平所有對沙之曲線的傷害、時間的循環來延展、徵收與重建。

奇怪的是，我在多年前即寫道，聖戰分子遮蔽女性，遮蔽其性器官、陰阜，將之埋葬、否認，希望她像一道黑色的影子且蒙上面紗；然而在此他卻讚頌裸露的沙，如同我們撫摸臀部般撫摸著打破地平線的沙丘。沙漠成為一種情色，一種收復。死亡即生命，沙漠即目的。沙漠一如時間的先在，純正系譜是我們那裡的執念；沙漠的勝利被視為真主話語的勝利。

在平衡力量的建構裡，彼世被描述成一片綠意、花園、中庭、流水、溪河、成串的葡萄與酒河，肉慾橫溢青春永駐的女子。人間則必須是它的對照。為了把人們帶到天堂，一神論者總是有沙漠是人間最初的存在之病態需求。此處的虛無即是他方允諾之地獎賞豐足的證據。

聖戰分子的藝術故而，就第一步而言，是平整化。

這位仰慕純粹與決定性線條的人是身體的刺客，夢想著透明的掠奪者。而倘若火能淨化，那麼就燒掉無神論者、俘虜、書籍。死亡是火而火是死亡，兩者皆是虛無的瞳孔。我們可以盡量拉長時間來討論這種政治現象，最後終會明

白，但是伊斯蘭國仍是死亡、死亡之形象化及其場面的再發明者。殺戮宛如純粹的美學，絕對的善的古老技術。俘虜屈膝、頭朝地，被綑綁然而異常冷靜，他亦是祭品，從容的線條，一致的書法。這些被割頸殺害的人背靠著廢墟、海邊、無限、深淵並獻出自己，脊柱朝向反綁的掌，面對行刑者像是贊同，他參與了儀式，一場古老祭獻的表演。

我們所有人都記得這些影片，漸漸倒下屈服的俘虜，已在眾神凝視之下，啟程踏上彼世的領土。據說他們都嗑了藥。這場大屠殺經過精心設計，轉變成儀式更令人生畏。莊嚴肅穆為殺戮增添了使命意義。它將殺人者轉化成使命的基礎，被殺者變為古老的祭品，殺戮則是犧牲的祭典。文化是吃人行為的終結而藝術的誕生彷彿是為了代理這個行為？在這裡，文化的終結導致人祭的回歸。伊斯蘭國用殺人來修復世界，淨化受害者。他沒有殺，他是以死亡拯救死亡。這是一種亞伯拉罕式的舉動但沒有獻祭羔羊的妙法，沒有復甦，沒有代理的效力。

為什麼重提這些恐怖的影片？因為它們都是這種純粹線條美學壯觀的一面。聖戰分子夢想終結富足充裕並恢復無形，唯一能夠指派他的手的圖畫，是一條筆直或波動起伏的線，將夜晚分割為沙丘與蒼穹，透過手繪的一條地平線挖掘黎明的新生。我們只能畫出書法字，且在這個天地只能演出死亡。聖戰分子的裸露是無限、不分性別、不人

道的，像一幅沙毯般獻給真主，脫離肉身。他是一道墨痕，
某種世界末日的加速而這將使真主回歸祂那修復的唯一。
多重是神的敵人，無論在何處都必須被抹除。於是，我的
分身理應在西方展示其自由與力量的博物館裡打擊它。西
方是一個女人而他必須替這個女人蒙上面紗。

海灘

　　美術館如同一座海灘而畢卡索的裸女都是我的星期五。我不曉得他畫的是肉體或靈魂，於是我可以決定以週間各天替這些畫作取名：星期六、星期日給《斜躺的裸女》（ *Nu couché* ），星期一是《窗邊的女人》（ *Femme à la fenêtre* ）…。在這裡，一切皆是初始。這是我古老的類別、我的世界觀、我的規範遭逢的船難。我將它紀錄下來，列出我僅剩的財產清單。孩提時候，踩在靠近我出生地一座海灘的沙上，我把海看作是某一種大衣，有著泡沫般的滾邊且充滿魚的假想，牠們穿梭在布料上，從裡面把它弄皺或利用水生怪物的重量讓它凹了個大洞；古老的仙境。自此以後，阿爾及利亞的海灘像是柵欄，一道懸崖：監禁到此為止，而逃脫的可能性，呼吸或卸下所有衣物與所有我文化裡的規範就從這裡開始。在阿爾及利亞，海灘和窗子一樣美；而它也是僅存可稱得上是夢土，可以轉身背對他人、恢復自我並逃離令人筋疲力竭的集體的機會之地。

　　我在畢卡索美術館裡重新盤點：一個女人、許多半身像、骨頭、彼此嵌套的性器、醜陋的草木花卉、鏡子…我有一張畫家長長的器皿清單。但是在所有主題裡，海灘是

這個吃人行為的週期裡反覆出現最多次的。打從 1932 年夏
天起,處處可見海灘,暴力、空洞且無所不在。海灘對這
位畫家來說是另一具身體。海灘是他很多畫裡的場景,瑪
麗－德蕾莎胴體伸展的背景。再探究下去:對聖經故事及
其自負的文化而言,永恆是一座花園。在古蘭經裡,天堂
的名字都是波斯語。於是,作為抗衡,想在一神論之下存
活的異教隱喻如今避難到海灘。這是一個相遇、身體、延
展、人類的無限之地,理應可信且含有鹽分,是碘和波濤、
海浪偷走腹語的節奏之地。海灘暗示著不動本身即反叛,
它提供天真、重力、終結了人在墮落之後男人的命運——
勞動。死亡之前的日曬是種恩賜,而想進天堂就得死去。
日曬、日光浴是一種懶洋洋的、抹了油的反抗,與古代偷
火者受到的懲罰相反 [22]。我們享受著身體,展示它,將它
當作人生幸福的虛榮、財富。身體是神的對立面,天神的
厄運,祂所要避開的。因為神擁有永恆而身體意味著短暫、
必然、璀璨的毒藥。所有源自我們流域的宗教,都對我們
存在條件這感官的宣示感到不滿。身體是薛西弗斯的石頭,
我將之推到某座山丘頂端,而每日每夜,這具身體猛然墜
落且死在睡夢裡。我餵養它但從未讓它滿足;放下它但從
未讓它認識完美的和平;保護它但從未讓它避開痛苦。身
體是我們存在的條件,是我們不幸的命運但也是我們令人
羨慕且獨特的命運。這則神話唯一被中斷的瞬間,也許是
我們坐下來凝視海上的波動起伏,曬太陽,或者因為夏日
而在樹下或陰影處昏昏欲睡時。正是有了無數關於天堂之

22　宙斯為了懲罰偷了火給人類的普羅米修斯,將之手腳上鍊上銬,綁在柱子上任由大鷲每天
　　啄食其心肝。

美的書之後，現代重新發明了海灘。那個人類製造屬於他
的亞當的場所，一個沒有神也沒有殉道者的亞當。一個<u>可
親近的人間伊甸園</u>（*édénisme accessible*）。海灘在死者、天神
與他們的代表、激進分子眼裡成為可恥的再創造。在海灘
上，阿卜杜拉身陷窘境且困惑。他的身體變得沉重、龐大、
油膩滑溜，拒絕面具與屏蔽。他不曉得該做什麼，於是他
將海灘作為他的固執，他與生命的決鬥，他的憤怒與戰爭
的場所。聖戰，在我的國家延燒到了海灘。一個西方與自
我陶醉的東方、上帝與祂的子民、鮮血與意義對峙之處。

　　2015 年 6 月 26 日，蘇塞（Sousse），突尼西亞濱海美
麗的小城，兇手像個復仇者、懲罰者般以一種焦慮的緩慢
散著步，最後近距離槍殺了三十九個人。卡繆《異鄉人》
裡殺死阿拉伯人的兇手，用一連串殘忍的隱喻描述海灘，
說它宛如其年代那信仰枯竭的場所。莫梭（Meursault）是
掉入<u>鹽之地獄</u>的聖人，在那個情況下殺死他所遇到的雙重
的身體，即阿拉伯人那一具躺臥的裸身，暗示性的裸 [23]；
他吹著笛子而悲劇就在拿走手槍的小混混眼皮子底下 [24]。
他把他殺了。這是一種意念與一具肉體、永恆謀殺與身體
的再次展演之間的偉大交鋒。莫梭殺掉阿拉伯人的身體、
他的存在、他的重量、他的影子、他的輕盈、他躺臥並演
奏音樂的權利、他的傲慢。當我去度假時，我不需要千禧
年的希望。結果，這個空間成為我們這個年代的哲學場域。
我們在那裡殺人、我們在那裡行兇，但我們也在那裡赤身

在《異鄉人》裡阿拉伯人是穿著藍色的工裝，沒有裸體。
可以參照畢卡索的《躺臥的裸女與吹笛手》（*Nu couché et joueur de flûte*）與《吹笛子的女人和
臥的女人》（*Joueuse de flûte et femme allongée*）

露體。這是勞動、努力的終點，獎賞之地，愉悅的混沌，
下注的空間：海灘是西方世界一整年的目標。在南方，這
是其邊界之地：身體在那裡感受著悔恨與幽居，因為被禁
止旅行、逃離、流亡、伸展。海灘是個進行娛樂消遣的場
域，然不設防地，激進分子進攻這個空間。

阿卜杜拉於是會察覺到挫敗，他和他的真主身在這個
與他們對立的世界。比基尼、裸體、男女混處、女人和淫
亂和放蕩的問題，這些身體的狀態比世界的狀態還要讓他
掛心。我苦澀地想起，從幾年前開始，阿爾及利亞的伊斯
蘭主義者會到海灘禱告，用意是威脅玩水的女性，並且在
上面建造清真寺以標記階級。可見的事物，也就是海灘，
是個必須包圍、摧毀、控制的地方。阿卜杜拉只有在海灘
上散步才會如此驚嚇。裸體比屍體更令他反感，因為海灘
不是沙粒而是皮膚微粒組成的！

海灘是魯賓遜遇到星期五，即將被對方的野蠻及天性
所驚嚇的地方。那是個食人族與裸體的所在。差異變成隔
絕兩端的深淵，階級必須被重建，而在迪福的年代，它的
重建是透過穿衣凌駕於裸體的優勢。如今，規則滑移了：
裸體文明化，穿衣則是野蠻。西方的身體曾被釘在十字架
上，穿上束腹馬甲、襯衣，硬梆梆地嵌在制服裡；因為征
服與殖民而膨脹、豐滿；透過與諸多種族比較而洗白，然
後「被指派為某個種族」（racifié）。西方將得費盡千辛萬

苦，才在這個時代找回裸體，不過是展覽的那個裸體。這裸體在經歷戰爭而解體之後，必須先分崩離析以便再次被創造，就在它的當下、它的面前，它獻給吞食者、情夫、情婦的全部。從這些年畢卡索的畫看來，裸體已開始海灘的再征服。這些女人都有著俯瞰、飛翔的軀體，她們都在空中，和圓圓的太陽嬉鬧，且在這些畫作上的形貌都不受拘束。她們承受著無重狀態或是溺水、搶救。我有點驚訝畢卡索又折回溺水與搶救，這些被拆解的女人的三位一體。

　　海灘是新興神殿所在之處，身體經過死亡千年之後復活的場域。同時是種賭注、想法、神學觀點、我們的時代那些激進分子的戰場。就像從前的印加聖谷，失落大陸，應許之地，船難之島。海灘算是概括了我們這個時代偉大的意念之戰。它擁有像永恆一樣能夠給予無重的狀態，能夠將自己獻給身體，接著當人們一浸入水中，其存在即變得輕盈。海浪在上面帶動時間的節奏；鹽在上面拆穿死亡因為，一旦我們潛入水裡，我們便不會死，我們在朦朧中睜開雙眼，我們嚐著鹽，在這場用盡氣力的祈禱裡召喚全身的肌肉。整個天空暫歇在過客的背脊上。不強迫有機體瓦解的一個彼世。一種簡單的永恆，我們拖著它就像拖著一條浴巾。即使夜色降臨，除卻場域的尺度之外一切如常。海陷入海，繁星點點的暗殼裡，沙子變灰如燐光閃閃，身體覺得冷，顫抖穿透其脆弱但未被死亡召喚。只是等待著陽光回歸，只是點燃柴火，望向天頂。

　　奇異的是，海灘是阿卜杜拉糾結之地，然而海是其限制。關於這個安靜的隱喻，我曾為報紙寫了長篇。海，在中世紀阿拉伯古地圖上因不曾被橫渡與命名，故被稱為「黑暗之海」[25]。它對立於來自阿拉伯的征戰騎兵行旅，是消滅其躍進並使之倒下的那條線。傳說中，往西，從麥加前進地理上的西方，海終結了阿拉伯人以伊斯蘭為名的征服，阿拉騎士的旅程就此止步。他們替我的國家取名為馬格里布（Maghreb），意味著黃昏、騎旅的終點、極限、日落而夜色降臨之地。在伊斯蘭國的地圖上，海被忽視，他們沒有夢想轉換它或是在那裡恢復王國。伊斯蘭國不給它任何名字，讓它如同他們的旗幟般黑暗；一神論者從來不是水手。我們夢想重新奪回安塔魯西亞、含姆（Cham）與蘇丹的王國、尼羅河谷，但不包括海。海是一種讓改信宗教的阿拉騎士等伊斯蘭信徒臣服的永恆，沙漠在那裡無法支撐。此外古蘭經裡很少出現海的名字，那是美妙、冒險、失去與死亡之地。在那個中世紀故事裡，它受到召喚形成暴風雨，是約拿背叛上帝的懲罰，黑暗與考驗。那是一個熟悉沙丘，沙之海而非流動之海的旅人驚慌的故事。海是對信仰的一種審判，而不是一種喜悅。「不信道者的行為仍如同深海中的黑暗：浪濤將之覆蓋，浪上的浪掀起其他的浪，浪上有著厚厚的雲層。黑暗彼此層層疊疊；當某人伸出了手，他幾乎無法分辨……」（《古蘭經》24：40）

　　海灘是身體的鏡子。是身體為自己平反，在必死性裡

25　「黑暗之海」（la Mer des obscurités）為阿拉伯對大西洋的別稱。

遊行的地方。畢卡索將之描繪為世界的縮影，環繞著身體，
裸的延續。

瑪麗天女（Marie-Houri）

　　瑪麗－德蕾莎被畫成天女，不過是死去之前的天女。天女是那些貞潔而永恆，在末世審判之後開啟的天堂裡，獎賞給信徒、上帝之子民的女性。在激進分子的神話學裡，這種與死亡連結的女性特質已然變得極為強大。值得玩味的是，比起古老的年代、穆斯林的中世紀，這種女性特質在 YouPorn[26] 的時代似乎被過度關注了。我們在佈道時用一千零一種方式描述它，鉅細靡遺地從其解剖學談到幻覺。性、死亡與沮喪那奇異的糾結。彷彿激進主義原本是場轟動的情色挫敗。

　　天女在古蘭經裡有提及，但也出現在正統教義裡，並將具現阿卜杜拉那個病態的性慾。在他興奮的凝視下，瑪麗－德蕾莎是死去之前的一個天女，而畢卡索用阿卜杜拉夢著她的方式來畫她：因激動而毫無章法，把她的肉與她周遭物件揉雜，用暴力與迫不及待掃過她，她被咬卻永保青春。瑪麗－天女被獻給當下的慾望，某種永恆，她身體的每一個動作都純潔。她被描繪，無數無數次。一條慾望之河引領著她而在畫家的眼裡，在每一次性愛之後，其貞潔再次完好如初。天女被描述為不動、被固定在等待受賞

者、信徒、犧牲者、持劍與攜毯者的永恆裡。她坐在軟墊上，躺臥花園裡，她的深邃大眼吞掉她整個臉蛋，超出其範圍並使得單調的幾何爆裂。「而他們將會擁有許多天女，眼睛大而美，如同貝殼珍珠般，是為他們所做所為的報酬。」（《古蘭經》56 : 22-24）

教義更加詳細描述之：「天女的眼皮宛若鷹的翅膀」，那允諾的古老聲音說著。「她們的純潔是還藏在貝裡的珍珠，而手不曾被碰觸過。」

「她們細緻如蛋裡的薄膜。她們皮膚白皙、身著綠裳，珠寶盤繞。她們的手提香爐由珍珠製成而梳子是黃金做的。她們說：『我們是永恆的而我們不會死，我們都是幸福之人而我們不明白苦難，我們都是那些留下的而我們不會離開，我們都是滿足之人而我們不會憤怒。將會讓屬於我們且我們將屬於他的人幸福忘憂。』」

瑪麗－德蕾莎這具爆裂的軀體就在這裡，在一種如此古老以致成真的描述裡。透明的超現實主義頌歌，身體糾纏在擁抱、性器與形狀的糾結裡。畢卡索那些女人早已居住在天堂。「他們其中一名與阿拉創造的七十二位妻子，以及亞當後代的兩位妻子共眠，由於後者在世時虔誠崇敬阿拉故而她們勝過前者。他與這兩位其中一位睡在一間用單一整塊紅寶石雕琢成的房間裡，躺在黃金打造、鑲滿珍珠，鋪著七十匹錦緞和絲綢床墊的床上。他將手擱在她的

雙肩上，然後目光跟著手的游移，伸入衣服下她的乳房、皮膚與肉體。他看到她雙腿的精華就好比你們每個人從寶石紅的蔓草間隙看著那條線。他們每個人在他人的瘋狂中找到自己的鏡子。當他和她在一起的時候，無論他或她都不會被任何煩憂絆住。在每段肉體關係裡，她總是純潔而對擁抱毫無怨言，而他維持勃起；然而不懂射精為何物。於是他處在這個狀態裡，我們用這些話語提醒之：『我們知道你那些關係不會讓你們感到煩悶但是你還有其他的妻子。』他離開並一一臨幸她們。每個人在他來過之後都說：『我以阿拉發誓，在<u>天堂</u>，對我而言沒有比你更好更值得的愛人。』」《繫著黃色腰帶的女人》（*Femme à la ceinture jaune*）或可在這一則被記錄者認為古怪的聖訓裡認出自己：「大眼睛的天女都是用番紅花創造的。」圖畫在上帝之許諾的目錄裡，添加了清晰的細節：「天女從不曉得何謂月經、懷孕、小便、生理需求，也不曉得屁或痰。所有存在於人間女性的疾病天女都沒有。」我夢著她們，我的分身夢著她們。但是帶著一種奇異的病態，一種逆轉：其高潮將經由死亡來到，而不是前戲。他必須放棄他的身體好碰觸他渴望的女體，荒謬的舞會，畸形的條款。瑪麗–德蕾莎存在著，然而是在彼世。此處，在活人眼裡，她的身體必須被保護，藏在她所代表的允諾這個藉口之下。帕邁拉的畢卡索理應如同其他無數人一樣，被美軍或是聖戰分子殺死。讀古蘭經和教義的人，將會隱約看見這些怪異的慾望之作，令人垂涎的女性最初的樣貌，畸形、豐滿、渾圓

與稜角，靜止與永恆、透明與色彩彼此碰撞。畢卡索的女人因而都在古蘭經裡，而身體在高潮的恆常斷裂中恣意佈滿花園。呻吟在那裡將會是愉悅與肢解的呻吟。女人生自番紅花而非笨重的黏土！因為這種香料被視為一種價值，一種稀珍。根據聖經故事男人是用土做的，然而天女是番紅花做的。這則「口耳相傳的教義」令我著迷。它在不知情的狀態下，將繪畫混入經文，將筆觸混入死亡。這些女人的肌膚上覆有一種香料，她們生於同一天，青春不老，如雞蛋內部的薄膜般細緻，人們激動地說。

　　聖戰分子的裸體因而布滿星星：時間消解，符號均一、起伏的沙漠，女人如同黑暗，水平線像準則，脫離肉身是碰觸的序曲，死亡好比親吻，唇與肩。豐富、纏繞、阿拉伯式花紋、具象（figuratif）、感官的爆炸與肉體的小徑只在死亡之後才被允許。人間的身體必須接受淨化儀式，實行淨禮，屈服於不潔的事項，有月經、私通和體液。其不潔乃罪證確鑿。死後的身體則青春、永恆、無窮盡、美麗、柔順。

空無之手裡的石頭乳房

　　根據歷史，那是馮西・德・聖維達爾（Francis de Saint-Vidal）一件約莫 19 世紀末，即 1898 年法國殖民政權時期的作品。就在距離一座清真寺不遠，有位裸女，一條腿往前伸，另一條腿屈起，長髮、握著兩只流出石泉的小水罐。這女人坐在台座上，台座層層疊疊往下延伸直到噴泉池，傳說中由古老泉水湧出的水柱與蒸氣所變成的噴泉。這尊雕像是塞提夫（Sétif）市民的驕傲，朝聖與自拍教派的所在地。她擁有悠久的歷史，但也歷經數次死亡。1997 年 4 月 22 日，她被伊斯蘭主義團體炸毀。據說這種破壞行為讓居民備感震撼，在這樣的集體衝勁下，這雕像只花了兩天就修復如初。當時正是內戰紛爭之際，而這個沒有名字的女人，是被暴力所包圍的生活裡僅存可能的生存象徵，一種面對野蠻之內在抵抗的符號。後來，她成為某些人鼓吹拆除的目標，國族記憶與新興黑暗勢力的角力之地。2017 年 12 月 18 日，人們拍到一名留有鬍子的男人，拿著鑿子和鐵鎚，她的臉與乳房再次遭到了破壞。這種重度瘋狂徵兆之行徑，把伊斯蘭主義者與女體、裸露的態度給連結在一起。阿爾及利亞的感受將會很深，然社群網站亦讓人看到其破壞的程度：成千上萬的留言，支持這個真主的瘋子與他的

鑿子，高喊純潔與真主法則，並朗誦經文與古代的格言警句。噴泉雕像再次成為阿爾及利亞社會深沉斷裂之地，但也進一步提醒了這個根本的重點：伊斯蘭國不只是一個武裝團體；還是一種視野，一種美學，一種恐怖裸露的藝術。人們會引用這則聖訓，其精簡扼要的判決裡點出了，在差異如烈火燃燒般瘋狂的光芒下，藝術可以是什麼：「不要留下任何未被毀容的雕像，也不要留下任何未被剷平的高聳墳墓。」這即是他們摧毀伊拉克和敘利亞那些偉大的遺跡，廷巴克圖那些聖經裡的先知之墳、陵墓的準則。破壞塞提夫雕像的鬍子男的形象即是在我的血肉裡，他異性的兇手手裡藝術為何物的摘要。石雕女人在她那實際上是一尊雕像、一個女人、一副裸體的柔軟血肉下遭到了攻擊。恐怖的野獸在截肢的行為裡，也自我截肢，破壞了作為其靈魂的女性特質，承認了他與生命、慾望、身體及母性、延續和生命那病態的連結。

這個事實讓傷口又產生新的傷口：在上個世紀 90 年代的十年內戰期間，聖戰團體除了屠殺人民，也「淨化」了這個深具符號的國家。他們燒毀陵墓，破壞墓園的墳，攻擊並抵制藝術家、具象、肖像、再現，謀殺畫家。一種古怪的病，源自藝術與再現之間那古老且被判定有罪的連結，出現在令人錯愕的年代。雕像的風評都不好，因為第三個一神信仰乃誕生於推翻形象、再現，以求得無形之勝利的行動。前伊斯蘭時期，也就是伊斯蘭教出現之前，所謂的

蒙昧時代，*el Jahiliya*，這個時代因天啟而終結，但也因為這個基本行動：一位真主的誕生即是對其他競爭者、具象、肖像的推翻。古代異端修會的所有聖像都遭到破壞，而如此舉動在種種想像裡與淨化和修復的行為混淆了。這不只限於推翻偶像，還有對他們一切可能的回歸之嚴峻審判。*Timthal* 這個字，在悲劇性混淆與異端的瘖啞裡，是指稱雕像和再現、競爭對手。具象是異端然亦是偶像崇拜。「賦予您的影像生命，如果您做得到的話！」在末日審判時人們對藝術家拋出這句話。他們做不到？那就將之燒毀。

　　慢慢地，在各地都看得到這種與影像和倒影的病態關係，如今，則是在時事騷動與磕碰的皺褶中出現。影像、不被接受的諷刺畫、流亡畫家，還有把世上所謂「阿拉伯」社會的所有形象活成一種暴力，一種共謀，一種背叛之拒絕審判的偉大宗教。理想社會是一個幻想的社會，在真實的鏡子裡沒有倒影。我們摧毀所有再現的可能性：再現自己、他人、身體與歷史。從 90 年代開始，阿爾及利亞的裸體女性雕像漸漸消失了。被偷、被拆、摧毀、破壞、賣掉或在夜間悄悄從公共空間移除。現在這類雕像很少見了。槌子的重擊或炸藥，去形象化的藝術有時原本就是暴力的；從前則是偷偷摸摸，類似襲擊、夜間的陰謀策動。

　　我想寫的並非我們那裡不可能出現繪畫名作——阿爾及利亞仍有偉大的藝術家誕生，他們講述世界並持續再創造世界，力道強勁才氣縱橫——而是其根本的悲劇：繪畫

既被禁止卻又無法抑制。在我的文化裡藝術是不可能的或
僅只是不同而已？我所談論的，並不是我們那裡沒有畫家、
肖像畫家的存在，而是藝術並非連結我們與世界之臍帶的
這個事實。藝術在它的近代史裡永遠是叛離者：它不是伊
瑪目而是不信教的人。它是具象的。它最終會在西方，這
個凝視它並向它提問、為它歡呼或使它陷入情色監禁的所
在。這個讓它的差異得以大鳴大放又備受禮遇的所在。

水的傾斜之旅

　　人們說，畢卡索肯定地認為阿拉伯書法已達到藝術的終極目標。對立於我的世界，從外界看來，阿拉伯書法自身所表現的彷彿是一場字詞融入血肉的完美演出，同時傳達出身體的聲響。這是一種昇華的情色藝術，從腹部回到唇邊再伸向舌頭，然後走往雙眼。與高潮相反的路徑。這是書寫的情色，一種對身體的保護，存在於想要將之燒毀或是控訴其不潔的經文內部。書法，緩慢地，歷經世紀更迭，援引了脫離肉身與轉世投胎之裸體的輪廓，萎靡、伸展、濃密的毛與勃起、乳房與曲線、陰阜與點的展示。書法成為一種公開的鬼祟，刺眼的展覽，身體在未竟的字裡含蓄的詭計。從外表看來，它是藝術，但是對我而言，從禁止其意義的地理版圖說起，它是對抗教義的圖像戰爭絕佳的場景調度。肉體的反擊，性器與具象的蔓延從儀式與宗教法庭後面蜂擁而入。手無法描繪的，書法將它寫出來。線條輪廓以經文為藉口一筆一劃滑入身體。我們畫出將身體半遮半掩的字。吃掉肉體的是字，但透過書法藝術的墨水被清楚看見的是肉體。

　　書法描繪身體與生命力但有所規避。某種程度說來這是秘密的具象。極盡所能消耗字母，這種書寫是圖像與文

字線條之間細緻高尚、難以容忍、勉強而悔恨的妥協。是一個只讓人隱約瞥見其睫毛的女人，耍玩禁令，用變形之嚴謹規則來作弊。於是筆跡纏繞扭曲，形成腰臀與舞蹈，賣弄風騷。這是最不會遭到投石之刑的脫衣舞。於是人們一邊遮蔽一邊描繪，以文本為藉口好讓形式浮現，蒙蔽警察、正統派大軍。這即是長久以來以此作為彌補，圖像在我的世界裡所能被允許的狀態；這也是畢卡索無法看到的；他無法看到蒙騙法官好描繪流動的身體的那條地下隧道，甚至是當著真主的面，以文本，也就是經文和教義為託辭。某段古老歷史提到，書法藝術的一位了不起的先驅，歷經政治上長期失勢後，被砍斷了雙手。伊本‧馬克拉（Ibn Makla），這個九世紀的人，他擔任過維齊爾（vizir）[27]，更是個書法天才。這傳說使我們回溯到這個一生紛擾，先是手再來是舌頭被切掉的波斯人最早的墨寶。迷人的殘缺，一如這種規避再現之禁令的藝術圖像：伊本‧馬克拉把一根蘆桿綁在他右手殘肢上，繼續探索聖言與肉體之間的情色共謀，美的斷裂。怪物般的手繼續那迫切的騷動，儘管此刻身體有所殘缺，墨的體態仍成形。這種截肢狀態讓我著迷了好久：它是那無法抑制、慾望之水之策略的縮影，持續在人類癖性裡尋找一條出路、一個凹窪之處。這則軼事概述了藝術、藝術家與具象化的悲劇，他被截肢、被驅使扛起彷彿是他那些舞蹈模特兒的經文，肉體轉換為聖書好在陽光下行走，慾望在起首的字母下鼓起，成形，最後將字母吞噬，好在光線下獲得半晌的認可。當然，細密畫

---

27 維齊爾，波斯語 vizir 的音譯，相當於今日的首相、總理。

（miniature）在我的歷史裡有過它的年代與輝煌，但是，是
書法更為悲劇性地揭示再現與法律間的張力，這個誘惑與
違法機制假造的捉迷藏遊戲。書法是情色的，奇怪的是細
密畫對我來說就還好。

一個女人可以成為伊瑪目嗎？

　　我在美術館的這一夜是種面對面。這是一座清真寺只不過帶領祈禱的人，這位伊瑪目，是個女人。這在教義裡是無法想像的且等同於異端。一個女人無法領禱，因為她在一個月裡有部分時間是不潔的；她只值男人的一半，而一則借自穆罕默德的聖訓說道：「將其事務與統治託付給女人的人將會毀滅」。真主用水和土在手裡捏出男人，而女人乃生自男人。她位於造化順序的底部。更進一步說來，女人的身體是親近真主那條路上的分岔口。一個歇腳處，一種石化的可能。她從鏡子裡反射出人的軀體、其沉重的影像，其肉身、在俗世的狀態、對土地的需要。她無法在一場禱告裡，亦即在一場脫離肉體裡代為祈求。清真寺是座永恆的博物館，有著它的圓頂、一無長物的地毯，不帶影像的牆、洞穴和米哈拉布 [28]、佈道的高台。它的樸素簡潔是它形而上的條件。畫畫，是一場我們自詡為真主的禱告。

　　畢卡索在那些畫作的凝止中，講述著歷史，著實漫長的，西方的身體史。身體被釘在十字架上、固定不動、腐敗，身體被化約為石頭與幻夢、十字或午睡，人們根據時

28　米哈拉布（mihrab），意為凹壁，即清真寺中的壁龕。

代標準過度餵食或框架它的方式，揭開它的面紗，拜物化，乃至身體本身以及這位時值中年的五十歲畫家的飢餓。畫家在慾望混亂的情境中描繪它並自我描繪的時刻，正是歐洲再現身體、性、高潮之權利的漫長征戰中一個重要的時間點。長久以來，再現的身體是不自由的；其姿態總是受意識形態所擺布，化約為臉孔或是受制於法律與肖像。在此，在這個美術館，在 1932，身體爆炸了。畢卡索畫出慾望廣闊且毫無章法的流動，在其混沌騷動裡的歡愉。這是個獨一無二的時刻。儘管在今日看來已然不足為奇，這曾是天才的一種革命。一如庫爾貝（Gustave Courbet）《世界的起源》（*Origine du monde*）這幅畫及它在審查制度中蔓延至今的風波。在此，女人是伊瑪目。所向披靡。

我在這個地方停留了數小時，就在好心給我咖啡的警衛室旁。凝視著這個熱烈激情的畫家的失眠，他的畫作都是他那沒有再次闔上的眼皮；幻想著在我文化中博物館的不可能，不管在我的地理版圖上那些自戀者說什麼。我挖著、挖著這個不可能性及其千千萬萬個意義。

伴侶是從前的身體

　　情色之年的展覽是一部日記。它的作者如是希望。像是在他食人之嘴裡頭的循環。層層週期裡一場無法衡量的饗宴。首先在白色的大廳，一幅令人難受、沉重且引發不自在的畫作即讓我們動彈不得。那是《海邊的形象》(*Figures au bord de la mer*)。龐大的身軀，動物化的衝撞、礦物化的形態，由陽物與曲線組合而成，貪婪地交纏著兩種存在，儘管我們只談論其一，亦即瑪麗－德蕾莎。或許，這整個身軀是一對伴侶，處在那當下平衡搖搖欲墜的怪異身體裡，棲身在兩只圓柱、兩個球體之上，其不穩定性的跡象。這具最後的身體被指尖輕輕拂過，被上面那一具吞噬，從另一個人的嘴裡流出，互相吞吃，在短髮的陰性、傾身並在吻裡被遮蔽掉一半的陽性之間，輪流填滿空白。在其慾望中凹陷，在其身體獻祭中凸起。在他們周圍，世界縮減到只剩下線條，一種根本的一分為二，對終極的身體的支撐。因為伴侶並不是兩具可辨識的身體的相逢，而是第三人、前者的重建。在其脆弱之中，在因為重力法則與陷落傾向而持續的質疑裡，他自我重組，並被日常的一成不變所威脅。而兩者呈現的不穩定性，事實上就是恆常施力與必要捨棄之處。沒有這兩股張力我們不會親吻。伴侶不斷重新

連結，尋找其新生的支撐點，可以拿來用的鉚釘，他再次重組。而在對面、周圍，各方力量組織起來打算拆解他：首先是時間，但別忘了時代的法規。在我的國家，我一再看到伴侶這具身體在隱蔽角落、不顯眼的公共長椅尋覓著避風港，在花園尤其常見，彷彿處在聖經時代般。警察與道德捍衛者便是在那些地方搜尋那具身體，就像我之前寫過的，對相愛的身體怪異的追捕。這種追捕觸及了比如所謂「阿拉伯」國家對秩序的執念。一場追捕成為在公共場所、空間、圖像、電影、藝術與言論裡的首要之務。餐廳，幾乎是帶著一種驕傲張貼著「家庭空間」告示牌。意思是：屬於家庭的開放空間，在後面的空間只留給獲得承認的伴侶，亦即已婚伴侶──在異端裁判法庭上藉由儀式與法律的調解而得以獲得赦免。伴侶的功能是為了團體利益而傳宗接代，這消解了他們的性慾。然而，一旦這第三具身體試圖在規則之外重組，朝著其獨特性這唯一目的擴張，他即變成了冒犯、侮辱、妨害風化。於是 90 年代時，我看到這具身體躲在電影院的幽暗裡，心不在焉，片頭字幕一開始跑，就以撫摸和吻取代世界的秩序。但姑且不論如今電影院幾乎所剩無幾，這具混合的身體要苟延殘喘，需要一整套秘密策略。跟朋友「借來的公寓鑰匙」，荒廢與骯髒的場所，通常詭異的是人們會躲到法國墓園，在墳墓之間探索彼此，或是躲進坍塌的房子。嘴巴將另一個人生吞活剝，但是耳朵警戒著車子、各種警察的聲響或是大樓樓梯間的腳步聲。伴侶既聾得只能聽到慾望，又留心著任何一

絲踩在地面地板上，瞞不過他們的足音。

　　在瓦赫蘭，這個只要一逃開市中心就緩緩轉向海洋的城，人們朝東邊規劃了一座長型花園，形制不特別講究但是綠意盎然。那邊，迎著空無峭壁，面對地中海無垠的藍，有些人在某個時刻應該都想過，放幾把公共長椅給那些累了、來到這廣闊的自然露台傾身俯瞰的散步者。只是，風景規劃者懷著惡意，長椅是設置了，但每一張都背著海。一個不熟悉我們的文化、我們的糾結的人，大概只會把這樣的裝置當作失誤；必須是在這塊追捕伴侶的土地上生活的人，才會了解這個舉動的含意：這是種防範措施，讓戀愛的伴侶無法獨處、親吻、私通，進而妨害菁良風俗、違反法律、違反集體對性和性慾之觀看權利。很長一段時間裡，這些長椅對我而言，是那個異端裁判的符號、物件、材料。想像一下畢卡索畫中不合乎現實、怪物般的伴侶，身在夜晚或地下室，小心地把他們的線條融入朦朧的遮蔽、離開了光線的場所裡。對於監視他們，且透過經文、儀式、強制女人必須要有男性監護人、婚姻關係要有見證人來介入其中的唯一法律而言，伴侶是有害的。伴侶只能是公開的，將其身體混入周圍成千上萬的身體，身在其中。伴侶的身體，人類的墮落之順序裡的第三人或人類史的最早的存在，在定義上是柏拉圖式的，是不可能的。在我的地理版圖裡，這具伴侶身體難以捉摸、充滿嫌疑、令人擔憂、被追捕、被指控犯下所有罪行，打從在咖啡館，雙手的第

一次接觸即遭到監視。繪畫或是藝術都是內在私密的雄辯，正確地說是一種展示。當此一內在私密遭到排拒，一切藝術便被降級為惡習或孤獨。藝術家逃走、喬裝掩飾、被殺害或流亡。他們成為被否決的自由的表現。我在畢卡索的作品中，發現這世上的第三具身體像是他的執念與類型的法則。他也同樣企圖重建這具身體，使之如血緣關係般可見而不是偶然乍現。敏感於伴侶的悲劇，我來了，此刻來到這個美術館裡，想在畫裡辨識出再現的規則。我尋找這規則，好知道它如何在我們的世界，以及它那些驅散我們的日常性裡被經歷、慾求、和解。

　　畢卡索最初的那對伴侶並不像教義所說是在天堂畫的，因為這對伴侶在此已有了缺口、裂痕。不。這對伴侶在天堂之前即已呈現這樣的姿態，在一個由簡練元素：水、沙、天空所組成的光裸世界裡。他處於第一個當下，先於時間。1932 年 1 月的《海邊的形象》是這一年裡最美的一幅畫，最是脫離肉身又矛盾地最為具體的一幅。裡頭再現的女人不再只有一具身體，而是兩具，變得堅固、飽足，一如吞吃之後的狀態。瑪麗－德蕾莎不曾孤單，而是一分為二，被某種雙重性糾纏，被一個不可見的男人——畫家——的眼光所觀看，被另一雄性的器官橫越、穿透且已然受孕。伴侶之於畫家是種混合物；無法處於清晰識別的狀態，只能處於消耗。我重讀這個男人的生平事蹟時，再度發現畢卡索對於重建伴侶這種遠古身體的執迷：俗稱的好

色之徒，<u>致命的男人</u>，尋尋覓覓想被某種激情吞噬，卻又致力於殺掉他的愛人，吃掉她們，佔有她們接著拋棄她們，乃至僅剩瘋狂與自我毀滅。在畢卡索的世界，在這情色之年的世界裡，我看到這對伴侶以無數斷片殘塊、無數形式呈現：對畫家而言，伴侶乃由一個女人和一個飽足的女人所組成。男人被瓜分、啃食、吞噬，他是巡夜人，隱身於所繪肉體的飽滿，咬痕與顏色，他是一面鏡子。伴侶是完整的女人，全然的女人。我於是凝視這些《海邊的形象》良久，她們讓我放鬆，讓我想像著飽足、某種堪稱實現的愛。我喜歡畢卡索筆下伴侶的畸形。它與滿足感相近。

午睡

在這場吃人行為裡，我們必須，為了肉體的美味而克服解剖學。畫畫的是舌頭，而不是目光。為了飽足，必須閉上眼睛，仰賴直覺。在黑暗中迷失。當這一切完成，吃肉者不是從記憶獲得飽足，而是從獵物的皮膚，他的圖畫、他的反覆再現。瑪麗 - 德蕾莎常被描繪為睡著、躺著、孤伶伶。她幾乎與一件戰利品混同，在一切性張力消解的瞬間，才得以進入畫家的周遭。但是所有這些片刻裡，最令我著迷且讓我重返幸福和飽足的念頭的，是午睡。沒有什麼比這些過剩的陽光無損其親密的緩慢時刻更來得情色了。在這張反映八月的畫作裡，畫家同時畫了天空與大地，剛被一個女人臀部的水平線條，她的曲線、量體所打破。那是一座肉體的山。

午睡是個神祕的片刻。它不是夜晚，而是夜晚白化的一面。它看似，透過一種低調的恩寵，碰觸到老人或飽足者。它在愛之後與死之前，突然降臨。它對戀人而言是尾聲，是再次各自跌落的身體結合時的重要時刻，交纏但不用力，混合但不帶吞噬的慾望。午睡是伴侶唯一的身體，從天上掉下來的。我們在其中發現兩廂情願的歇息，獲得

意義的牧師與獨裁者一致的同意，一個不朝向穹頂而是凹穴的恩寵時刻。宗教一如獨裁政體，都針對死亡、夜晚的睡意、性、相遇、群聚或是高潮立下法律，但是很少提及午睡。在這個時段沒有祈禱，也不需要為獨裁者喝采。什麼事都沒發生。大地是圓的而身體亦然。大地是平的而我們把頭擱在上面，好讓被咬的背脊休息。午睡是給性、戀人、擁抱的場域。我喜歡這段白日時光，四肢在這段懸置的空閒裡都是手指。這是愛戀中最為肉慾的時刻，偷來的、咬過的禁果的時間。畢卡索在此時畫了飽足、睡著的瑪麗－德蕾莎，並將自己畫成巡夜人。

體驗午睡的時光彷彿一個循環的無限尾聲：誘惑，靠著窗擺出姿勢、寬衣解帶、打開雙腿和肉體、獻出自己並誘惑他人之必要。瑪麗－德蕾莎被畫成各種不同姿態，好呈現這個誘惑與進襲儀式的時刻。我們處在一月，直到一年的前三分之一。接下來的畫作在一系列高潮、肉體的蠱惑、解剖的執迷中爆發出來。這個狂烈且近乎絕望、筆觸與舉止都顯得暴躁的時期透過午睡、伸展、喜悅、女人淺淺的笑、午睡而終結。所有愛戀時刻的主題都到齊了，而午睡在其中猶如一個幸福的結論，然同時是致命的：女人吞了男人，她把他整個吃掉且沉溺在美味與咬痕記憶的愉悅裡。午睡之於伴侶的身體，是個匯聚點，介於情色、死亡和永恆之間。

　　午睡因而是我在這美術館的白牆之間所夢想的，而冰冷且灰濛濛的黎明即將來臨。我仍是個地中海人，對地中海人而言，時間不像在另一個地理版圖上這般流逝。這裡，在這個瞬間，比起午睡，夜裡的失眠多了某種恍惚踉蹌。我的身體在此顯得笨拙，然而對午睡來說這具身體是癱軟。夜晚在此彷彿偷走我身體的某種東西，因為我站著散步；而午睡是在一天的長度裡又注入一點時間，擴大了白天。當我們身為一對伴侶時，恰恰是在高潮之後，我們樂於呼應這習性來享受靜默冥想。性愛之後的午睡曾為我帶來，如同它為所有男人帶來，他人身體細節引起的愉悅，對身體微粒的傾聽，對肌膚表面的沉思。不過在這裡，夜晚讓我筋疲力盡，強烈的白光與安靜讓我失去穩定。我完全辨識不出牆後的巴黎。我想像白天參觀的人潮，排隊的行列、嘈雜喧嘩。這裡有一張行軍床，就在偌大的樓梯旁，但它誘惑不了我。我不敢在這裡睡。我做著筆記。搬弄文字的時候總是令我安心。我感覺有所掌握或放慢了時間。再過一小時我就離開這座肉體的神殿。

飽受折磨的身體

　　這個展覽裡最迷人的系列，顯然是那些墨繪的十字架受難。我們來到了 1932 食人這一年的十月。畢卡索重拾格呂內瓦爾德（Grunewald），一位十五世紀的畫家，以及他那些十字架受難作品，好將之帶往骨頭與本質。我們說，在十二幅圖畫裡，畫家完成了高潮與行刑、身體及其痛苦之間的絕妙連結。我大受震撼，因為我認為在這些畫裡，耶穌受難之地（Golgotha）展現了真正的意義。我，身為以古蘭經為聖言之宗教的孩子，面對一個以身體，而不是以某種神聖語言比如如此自詡的阿拉伯文（真主以及獲選入天堂的人、自省的民族主義與藉由他者的拒絕而來的自信的語言）為聖言的宗教場景。我心想所有的高潮，所有情色激情都是一種折磨。歸咎於未完成、佔有的短暫，歸咎於挫敗或是激情。就像所有人一樣，我知道在所有愛戀關係裡，我們從親吻的囓咬開始但會抵達真實的痛苦、以尖叫作為死亡模擬，施加痛楚於他人。在囓咬、敲入釘子、懸置、撕裂、穿透與崇拜、擁抱與折磨之間，有個被我們拒絕的連結，生命的一半。這正是我看著畢卡索繪於這一年尾聲的十字架受難系列時，浮現在腦海那極端、明確卻不協調的想法。整個漫長的基督教傳統與我無關，我可以

不帶信仰凝視著這個先知被處死的狀態：這個行為，這個也許是穿越整個西方身體史的場景，卻不在我的記憶裡。於是我提出一個聖像破壞式的問題：十字架受難是一種情色嗎？我發現在美術館裡注視著這些墨色線條時，我企圖回答，是。因為，在兩種情境下，畢卡索也好這個宗教傳統也好，這裡有飽受折磨的繪畫，使身體處於痛苦、奉獻、犧牲、吞噬與虔誠。我不是出生在基督徒家庭、文化或信仰之中，而且我對釘在十字架上的耶穌不感興趣。說實話，這個先知受難場景的重要之處，是它在我的文化裡被判定有罪：基督教是一種「偽造的」宗教。古蘭經將之視為一純粹原初，但是被人類與牧師之手引入歧途、污染的神旨，一開始就被竄改了。福音書與古蘭經相反，它不是聖典而是偽聖典。其次，被釘在十字架上的身體不是耶穌的，而是形貌酷似耶穌的人，這裡我的依據仍是古蘭經。神，在最後一刻，在等待耶穌回歸的同時，將之接往天堂，並把他的身體替換為一個被處死的人，而詮釋者將得花上數個世紀來辨識其身分。這是一場被駁回的雙重判決：聖言是假的，身體是假的。身體與文集，混淆在同樣遭拒的判決裡以便偽造。在阿拉的世界，我們帶著這種確信來到世界：基督教族群是出身伊斯蘭、來自真正的宗教、是同一種、祖傳、古老、純粹的，因為身體與聖言的污染而走樣的迷途羔羊。

在正統穆斯林眼裡，這衝擊了基督宗教信仰，讓人質

疑而認定他失去真實與天啟的宗教的資格。它當然算不上
一種異教信仰，但已經是一種墮落的一神論：偶像轉化了。
偶像在聖殿時期（époque du Temple）原本是石造的，被成
書的古蘭經──即所謂不朽的奇蹟之書揭示之前，隨著耶
穌變為肉身。猶太教被宣告為叛徒，基督教等同偽造、是
假的且運用了虛假。那是個幻象，也就是一張影像，一種
圖像、塑像、再現的宗教，以便掩飾其搪塞作假的行為。
被釘在十字架上的不是真正的耶穌，故而所有剩下的，乃
至於藝術，都不過是虛假的影像。西方，總是透過其基督
教族群被觀看，而基督教族群則透過這個將真理簡化為影
像的判決被觀看。這多少解釋了何以繪畫在這個地理版圖
上被當作藝術，而在「南方」，阿拉的王國，無形如同真理。
於是，我被畢卡索想像出來的這些十字架受難場景所吸引。
我不是透過一種宗教信仰來凝視它們，而是將之視為裸體，
一種毫無中介的象徵，僅像是扭曲的身體被濃縮為痛苦的
表現。

　　被畫出來的，是慾望，而慾望有它的幻夢。它把瑪麗-
德蕾莎的身體夢想為豐滿的肉體、像章魚一般，骸骨堆成
怪物，許多石頭與如同伴侶的身體，是在聖經及其清教徒
式生活準則出現之前的重組的勝利。但是畢卡索也畫身體
受的折磨、肢解、痛苦的量體，意即他面對身體之絕望的
另一面，另一種激情。怎麼做？他回到西方記憶中痛苦最
為巨大的場景，也就是神的兒子被釘在十字架的時候。他

的身體因而被解剖，在他內在感受的痛苦中重組，摧毀好讓此一酷刑獲得更好的呈現，擺脫幻象、十字架本身，懸置於信徒內在劇場的無重狀態裡。對我來說，這在 1932 年 10 月這系列十字架受難裡，是可見的。在黑色背景中，只留下痛苦的身體，以及他試圖在這些意料之外的圖畫裡的旁觀者身體裡重建的痛苦。瑪麗－德蕾莎始終在那裡，但是她把她的身體獻給另一個出人意表、強度更高的冥想，連結於是在兩種折磨中形成：十字架受難的折磨及其激情，和情色激情的折磨。那是同樣的絕望，或同樣的不可能。至少這得以解釋畫家重拾格呂內瓦爾德的十字架受難的興致所在。

　　情色一如信仰，引領人們走向同一道邊界，引領至狂熱。十字架在這裡是另一個吞吃的場景，它斷離、抹除了古老且眾所皆知的背景，重返本源並以量體呈現身體，從觀者的肉身來呈現其存在。信仰是對一種觀點大量而親密的奪取，情色的手法亦然。畢卡索描繪一場酷刑。在我看來，他置身於西方的傳統：他延續著這塊大陸根本的兩具身體的繪畫：女性的身體，被釘在十字架上的身體，也就是耶穌。也許人們得歷經好多個世紀，才會承認這兩具身體內在的連結──這在從前僅勉強被偉大的神秘儀式及其狂喜之尖叫所認可。

新三位一體

慾望的折磨，激情。我的分身阿卜杜拉，無父無母出生在一座荒島上，他將會經歷到這些。他終將會摧毀所有影像，只為了斷絕一切與身體的連結。影像讓人回溯身體而身體回溯肉慾，肉慾是一則包含衣著裝扮、儀式、舞蹈、歌詠和香料或食物的歷史。所以在他那否定世界的慾望裡，阿卜杜拉會想要重新找回空無，摧毀所有活人的痕跡，所有可替代無形的形式。西方正好是這個身體，在它歷史的輝煌裡，它那壓倒性且暴力的歷史；在海灘上的裸露裡，穿著短裙的女性；在壓迫或接受的不可能性裡，愛著這具身體漫長的歷史。阿卜杜拉，一個船難之島的虛構人物，他的船難，將試圖替「野人」穿衣，將之遮蔽，或將之殺害好讓他從自己的身體中解脫。他因此殺掉了時間。他向這具身體復仇因為所有身體都是西方的，是大寫歷史裡的一種墮落，一種物質與昏暗的緩慢累積，既朦朧又親密。一場迷人的選角：東方學家在我身上尋找他期待的身體；西方學家，如今是殺手或流亡者，在西方尋找他的家鄉不可能有的身體。血與元氣的歷史藉由戰爭、誤會、魅力、謊言與旅行來詮釋。

　　我的分身思索這些十字架受難圖時所能看到的（在他對這受難先知故事的輕蔑之外，因為在我們的信仰裡，受折磨的是個貌似耶穌的人而不是耶穌，這點必須重申），是他自己的十字架受難，他那找尋一具身體而無法覓得，想要逃離自己的身體而無法如願的痛苦。他不會去畫圖來自我表達或解放，他可以殺戮，因為這是否定其身體重量的一種方法，摧毀他的限制與重力，證明其物質存有是微不足道的，一種不潔、一場在永恆之流的意外，一個無主之地。古蘭經某一節經文的說法讓人印象深刻：神是最親密的，「比您的頸動脈還要接近您」。它認可了意識與身體的分離，建立起一個距離，並迫使肉身實體趨近外在軀殼這附屬品。踩在自己的身上行走，阿卜杜拉於是思考求得真主原諒，寬恕這只臭皮囊，這死亡的重量。他將宣稱自己是物質、肉慾、西方、性、藝術、差異的敵人。

　　西方是一具身體而它的藝術是身體的身體，一個與上帝旨意相反的祝聖儀式。在我分身的世界裡，身體是經由水、沙子、死亡或齋戒淨化的。因為反抗、月經、食物（尤其是被禁止的食物）、高潮、排便與排尿、睡意、裸露、藝術而變得不潔。身體甚至可做為反對個體的見證，這場已宣布的分離、自己與肉慾之斷裂的勝利。這個重擔不是我們能夠治癒的罪，而是個幻象、影子的影子、詭計與重力。這是旅人短暫的財富，而我們不該把人生所有遺產都投注其中。這是玷汙歡愉且使得情色黯淡的固執想法。經由無數儀式，阿卜杜拉將夢想著反-身體，一具不存在、

且會著裝打扮以接近從先輩奠基者援引而來的形象、使用其姿態與言語間的皺褶、聖訓與詮釋的完美身體。他想要他的天堂之軀，恢復他的所有權。真正的身體是為了死後。在死去之前，身體只是一個幻象。這是為了理解我們時代之瘋狂所必須理解的恐怖翻轉。

阿卜杜拉夢想著真主的臉滅絕所有事物的確切時刻，它們將被美所焚毀，刪去中介的影像、錯誤的路徑，將身體簡化成一個復活的希望。這即是教義所傳達的：在時間的終點，僅存真主的臉。我的分身是三個一神論的孩子，它們在沙漠、在黎明時刻與荊棘叢著火之際，都歸結道永恆並非肉身而是沙子。獨一將引領至獨一性與死亡。阿卜杜拉，迷失、憤怒，經歷過且夢想過的暴力持有者，被抹除並被推向透明，因而想與人類分享其宿命。他將進行殺戮與破壞。他會夢想抹除將他抹除的人。正是這個理由，讓我在畢卡索重新演繹的十字架受難作品前面停留這麼久。

所有信仰都是一具落入陷阱的身體。釘在十字架上。

「那是肚腹裡一輪光芒萬丈的太陽[29]」

　　接近週期的尾聲，接近十月之際，而對我來說是凌晨兩點，畢卡索觸及了本質。他開始接受——一個將他消耗殆盡的女人——這樣的想法，因為這是她對他慾望的極點。瑪麗-德蕾莎看似安詳、飽食、入睡了，肚子裡裝著無比豐盛的一餐。繪於這一年十月的《坐在窗邊的女人》（*Femme assise près d'une fenêtre*），像個懷孕女子的肖像。前手臂營造出渾圓肚腹的假象，紅且溫暖，而剩下的則是冷色調。她的臉帶了點野性，近乎畸形，引起恐懼，迫使人們與她保持距離。時間是等待的人的時間，而窗戶在此扮演了時鐘的角色。瑪麗-德蕾莎吃飽喝足、出神、交付給午睡，專注她身上的變化。被整個吃掉的獵人連渣滓也不剩。這是這個明白性交無法滿足其慾望的五十多歲男人的終極目標。繪畫是一種絕望的力量，是打造一面鏡子，而我們猜想畫家就在那裡，流連在年輕女孩身旁，用千萬個角度傾聽她，以便知道如何挺進更深處。他終至成癖而許多他的畫作都近乎反覆。他將不斷自我重複，一如咀嚼，畫下許多未完成的習作。在這一年最後兩個月，女人以一種奇怪的形式展現在他面前：她不再是性器，她是已完成的性慾。她歇著，因為埋藏在她身體裡的愛人而變得肥胖、豐滿，他的

---

29 這句話節錄自《與畢卡索閒聊》（Tériade, *En causant avec Picasso*，原文刊於《果敢報》 *L'Intransigeant*, 1932/06/15），畢卡索說道：「實際上，一切只取決於自己。那是肚腹裡一輪光芒萬丈的太陽。其餘什麼也不是。比如，馬諦斯之所以為馬諦斯，便僅僅出於這樣的原因。就是他肚腹裡懷有這麼一輪太陽。同樣也是基於這個原因，時不時，會有某種東西躍現。」見展覽畫冊 *Picasso 1932*, Éditions de la Réunion des musées nationaux – Grand Palais, Paris, 2017, p. 102。

世界的載體。她是煉金術的蛋 [30]，某種修復的雌雄同體。
男人的變形藉由同化吸收、在這肚腹裡完全的淹溺而大功
告成。十二月時，有幅油畫讓我們看到一個迷人的生物。
一具女體擁抱著自己，不是處於某種自戀的貧脊，而是在
一對伴侶的實現裡。我們在那幅畫上看到性器錯落交疊，
直到只留下唯一一個。我們仔細審視並因此區辨出，在女
人混亂之美裡，這具有著愛人嵌入其中的身體所剩下的是：
陽具、性器、自己的延伸，自身血肉的浸沒。愛人在這場
混戰中幾乎無法辨識。女人吃掉了全部，午睡小憩著。

　　畢卡索在《入睡的金髮裸女》裡畫出了他自身死亡的
慾望版本。精巧細緻的結尾。一個女人全然放鬆、心滿意
足並聆聽著肌膚的聲響。她的肚腹裡有男人的陰莖盤繞，
混入其中，成為曲線。《入睡的金髮裸女》是平靜和緩的
奇蹟。這是個完美的句點，呈卵形，球狀，像是一道泉源。
身體被線條所劃分，但是面對周遭環境色彩維持著透明，
如水一般。臉是一對伴侶的臉然而也是單一一個人的臉。
這個人既是從背面被看著，亦是從正面、從裡面，在殘存
世界的逆光裡呈現。我可以停留數個小時來凝視這幅畫，
彷彿用手指跟著粗糙的線條移動。她在某種程度上是可觸
知的、具體且明亮。這是關於一場實現的畫。一個彼世。

30　煉金術的蛋（œuf alchimique），這裡的「蛋」象徵著煉金術士使用的瓶子，裡頭進行著物
　　質的轉化。

「我們應該挖掉畫家的眼睛 [31]」

　　愛情有著伴隨其週期的附屬物件：項鍊、在廣口瓶裡垂頭喪氣的花朵、布料、梳子、許多鑰匙、一條手絹和隨從，小玻璃瓶、還有信封和幾截樹幹或膝上半掩的書，然而鏡子最為重要。要獻出自己，於是我們會攬鏡自照，讓自己更美，修正之，但也要輪流感受愛：扮演情夫、扮演情婦。我們嘗試兩種角色。我們察覺身體像是自身慾望與他人慾望的模特兒。所有深具魅力的女人都隨身帶著一面鏡子，放在提袋或放在腦袋。所有男人都從中看見一可怕的深淵，高潮之前的一種浪費時間，或一個陷阱。畢卡索用鏡子來固定住他的獵物，我很確定這一點。瑪麗-德蕾莎只在一面鏡子映照出她的面容時才有這樣的凝止。鏡子出現在童話、在秘密的房間、深奧的隱喻裡，好解釋何以世界閃耀或神何以無形（世界是碎掉的鏡子，映照著祂四散的影像），同時也出現在畫家的工作室裡。他使用著鏡子直到屈服於鏡子。畢卡索在年輕女孩的肌膚上畫著自己的倒影；他的畫作都是他的鏡子，其執念的雙面鏡。這讓我想起十二世紀一位偉大神秘的安塔魯西亞人，伊本·阿拉比（Ibn Arabi）這首詩，出現在《熱切渴望之歌》：

31　畢卡索這整句話是：「我們應該挖掉畫家的眼睛，如同我們挖掉金翅雀的眼睛好讓牠唱得更動聽。」同樣出自與 Tériade 的對談。

> 我對愛人感到驚訝，那些美
> 閃爍在花朵與園子裡！
> 而我對她說：「別訝異於你所見的誰，
> 你所看到的是在一個男人鏡子裡的你自己！」

再來是扶手椅。它是一種母性的形象，隱晦。一個坐著的女人，靜止是一個等待著的女人，以她的方式旅行，專注，乃至竭盡心力。她變成凹陷、洞穴、渾圓的肚子、耐心，我們設想的身體的守夜人。陰性躺臥的裸體：序曲或終章。根據啃咬的時辰。裸體是停止的時間，符碼與律法的懸置，整個宇宙的自我中心主義。裸著的女人不是她的身體而是您身體的倒影。那是一幅自畫像，自畫像是愛情其中一個終極階段，其中一個形象。泉水對您微笑且使水流緩和下來，好讓您能照見自己。

曼陀林、樂器、果實：在靜物裡一切靜止，除了時間。在一切被當下顏料所凝固時，只有時間彷彿還流動著。靜物是一種富足的發明，是他人飢餓裡一個鎮靜的階段，食慾在吞吃肉體後的第二次支配。

窗戶：愛情、情色在飽食之後喜歡窗戶。那是慾望的矛盾：窗戶不是一道門，不是旅行，而是一種沉思。人們凝望著掌握世界的不可能。這是一種角色的翻轉：大地旅行著而靜止不動的是男人或女人。窗戶對愛情而言是一種矛盾：我是敞開而封閉著，我遊走但我不動，身體是一道

開口然而是人們無法跨越的門檻，我監視著道路。

　　在我的生命、我的文化，我的土地裡，愛情、情色的物件是什麼？墓園：在諸多嚴格的村莊，人們躲進墓園好進行愛撫，手放在乳房上，眼神緊張，或喝著微溫的酒。接續而來的是那些總是大門深鎖的房子的窗戶，裡面的女人終其一生都被隔離並監禁著：窗戶斬去女人的頭，將她的身體與她的性別、她的頭與她的手分離，將她去骨、拆卸肢解，固定在木框幾何裡並抹除她的曲線。此外車子亦是性的場所：愛情、性是可移動的，因為在公共空間沒有安穩的場所，沒有公寓、進旅館的管道。在我身為阿爾及利亞人的記憶裡，性不只緊張不安，同時也是機動、滑溜、城市暗處與死角的尋覓者。那是策略：當我們有機會擁有一間公寓的「鑰匙」，必須第一個抵達，在慾求或充滿慾求的女人踩上階梯之前，單獨一人抵達，接著打開門並且讓門半掩著。情婦隨之而來，低著頭，勾著一只柳條籃以營造出某種親友來訪、出門採買的女人的假象。做愛時，可別呻吟得太過，因為這國家有千萬只耳朵。歡愉之後必須迅速分開，別公開或在露天咖啡座碰觸彼此的手。此外，在公共場合，我們會從一對情侶偽裝對彼此漠不關心而辨識出他們。必須假扮冬天好隱藏肉體的夏天。必須化身行屍走肉。對情侶來說，在公共場合裡他們強調疏離，以便保護這種共謀關係。做愛之後沒有午睡，若有也極為罕見。為了讓自己的激情化為無形得經過漫長策畫，透過無害的

手法，不發一言分道揚鑣，各自離散在茫茫人海但懷著一
有機會就會重逢的確信。

痊癒

　　永恆只維持五秒。自青春期開始，所有人都知道。金字塔的頂端只不過是一塊石頭，唯一，尖銳而殘缺。高潮之後，我們混亂我們重整。性是薛西弗斯真正的石頭。他的山坡就是肉體，他費力、推著，想要得以休息卻只碰觸到飄忽。薛西弗斯咬著並吻著，他的愛人在他的懷裡變重，呻吟著，她吃掉他而他吃掉她；他們每一次愛撫之後都搖搖欲墜，每一次前後推進都裂開但從未破碎，反而增生。這種宿命是野蠻的律法。於是人們給了它許多名字，人們為它虛構童話與儀式，甚至法則。女人是薛西弗斯珍貴的石頭；畢卡索與他的世紀都承認，並畫著，這種吃人行為的恐怖影像，這個所有人渴望的死亡那神話般的機制；女人在其奧秘中被揭露，這次是徹底的，與古代被禱告與信仰去掉性別的聖母瑪麗亞不同。一神論者想像出來的無瑕概念，是對性最為卑鄙的審查。在此，女人用她的身體弄髒了一切。情色是世上最古老的法則。

　　巴黎即將醒來。聖夜將告終。畢卡索的天才在於他的繪畫，但更在於他的凶狠殘暴。他的人吃人是種超越他的古老儀式，但是他將之體現並使之可見。除此之外，懂得

在這傳奇的一年裡革新了自畫像，是他的藝術。這個繪畫
類型不再是自我那可笑的鏡子，而是透過他人肖像呈現的
離奇幻想、畸形的自戀。如此而已？不。我們還必須理解
這是他人的肖像，在我們掌握住他的確切瞬間，在他成為
陷阱與獵物，被消化與吞吃之際成形。畢卡索，我笨拙而
概略地探索著，他抓住了圖畫的某些時刻，動態而不是機
械化動作裡的情色。被畫的女人不再是慾望投射的場域，
而是在佔有的漩渦中、在高潮之後的放鬆裡被捕捉的。畢
卡索畫出每個人的慾望：將之埋到更深的地方，消失並自
我吸收。他不是在自畫像的巨人症裡把自己畫成神，而是
在創作的行為裡：他從女人的外陰部、她的骨頭、她那不
具稜角的肉體、她所挑起的執念畫起。他被治癒了嗎？飽
足或是絕望？十二月的畫，《入睡的金髮裸女》，在我眼
裡是個珍寶。最為內在之慾望的速寫，糾纏乃至死去，成
就了對自身封閉性愛的修復。「在陽光之城——懸置在時
間與永恆、生與死之間——居民都具有孩童般的天真，都
同意陽光般的性慾，要說是它是雌雄同體，不如說是循環
的。一條蛇咬著自己的尾是這種自身封閉之情色的形象，
沒有損失亦無缺陷。這是人類之完美的頂點，要征服極為
困難，要持有則更難。」這是米歇爾・圖尼埃《星期五或
太平洋上的靈獄薄》的一段摘錄。我喜歡把這幅畫想像成
是這件孿生作品的插圖。

　　最後我提出這個問題：藝術能否在我的分身對世界慾

望的失落裡治癒他？在他那相信藉由摧毀能找到安慰的暴力裡？我是個來自情色是種沉默之世界的小孩。身體在那裡不是被愛而是承受。這發散成無限悲傷且將會直接影響到女人的雕像，影響到作為權利的高潮頌讚，舞蹈、表演、穿比基尼的權利或情侶在陽光下散步、幸福、自由的權利。這就是撼動我的國家的：世界的慾望之死。一種對笑與藝術的怨恨，一種成為法律與蠻橫審查的猜疑。在所謂「阿拉伯」世界的文化苦難，是性慾苦難裡最顯著的一面，世界慾望之苦難。我經常自問：這個阻止我們活著，使我們從自身痛苦來控訴世界其他國家的憤怒要歸咎於什麼？無能去創新求變？宗教？只能經由我們的同意而形成的政治體制？成為一種盈利與藉口的殖民記憶？面對現代性及其工具的無力感？失去世界中心的恥辱？以上皆是。我夢想著緩解，我也夢想著成為世界中心的可能性。天亮還早。再過一小時，這個城市裡成千上萬的眼睛即將睜開。我謝過招待我的人，我收拾剩下的食物與背包然後離開去找輛計程車。「聖夜」在人們拉起的窗簾中完結。巴黎將在很短的時間裡變身為壓倒性的砂輪。我把我那因為失眠與信仰而麻木遲鈍的分身拋在腦後，留在美術館的展廳裡。他是否將摧毀一切好「拯救」他的神，或是回到他的身體，唯一能讓他去愛且被愛的身體？每一天都帶來不同版本的解答。與這個體驗揮別時我幾乎是帶著興奮的：我知道我是對的，當時是在青春期，在村子裡，我歸納出情色是最古老的宗教、我的身體是我唯一的清真寺，而藝術是我能

夠確定的唯一永恆。

致謝

我在博物館的夜晚（Ma nuit au musée）叢書
叢書主編　Alina Gurdiel（阿琳娜·莒爾迪耶）

　　感謝法國國立畢卡索美術館館長羅弘·勒彭（Laurent Le Bon），有這樣的膽識與熱情，接受讓一位作家在他的美術館裡關一個晚上的提議。一個有點瘋狂的夢，是他的善意與活力使之得以實現。
　　同時要感謝他的團隊，將一切安排妥當以便迎接夜裡的這些參訪者，尤其感謝警衛人員在這些作家安靜遊走館內時隨行陪同，還關照他們在大師畢卡索這些畫作中入睡時的狀態。

譯者陳文瑤

感謝 Muriel Schmit 與 Caroline Fullenwarth 在翻譯上提供的寶貴建議。

Utopie